LES

BOURGEOIS DE PARIS.

Sceaux. — Impr. E. Dépée.

LES
BOURGEOIS DE PARIS

PAR

Amédée de Bast.

A tous les cœurs bien nés que la patrie est chère.
— VOLTAIRE. —

1

PARIS,
BAUDRY, ÉDITEUR,
RUE COQUILLIÈRE, 34.

—

1841

A Monsieur le Chevalier

ÉTIENNE QUATREMÈRE,

Membre de l'Institut, Académie royale des Inscriptions et Belles-Lettres ; Lecteur et Professeur au Collège royal de France ; Professeur à l'École spéciale des langues orientales vivantes, etc., etc.

Monsieur,

Paris vous compte avec orgueil au nombre de ses enfants. Avant d'être illustre dans les sciences, votre nom était célèbre dans les conseils de la cité. Le culte des vertus civiques et des vertus chrétiennes est inféodé depuis trois

cents ans dans votre noble famille, qui
a donné à la patrie commune, de
grands citoyens; à la ville, d'intègres
magistrats; à la religion... des mar-
tyrs !

Après avoir servi, soulagé, édifié ses
concitoyens, il était réservé à cette féconde famille de les éclairer, de les
instruire: à vous, monsieur, cette noble tâche ! *Hæ tibi erunt artes....*

Vous êtes, monsieur, le dernier anneau de cette chaîne mystérieuse qui a
commencé dans l'honorable carrière du
commerce, et qui finit en vous par les
plus hautes spéculations de l'esprit.

Une érudition prodigieuse autant que
variée; vos talents, vos lumières auxquels depuis long-temps l'Europe en-

tière rend un sincère hommage ; ces savantes et attrayantes leçons que, digne successeur des Villoison et des Sylvestre de Sacy, vous donnez chaque jour, aux applaudissements d'un studieux auditoire, dans cette docte chaire, fondée par le Roi-Chevalier, le père et le restaurateur des lettres : tout en vous, monsieur, concourt à ajouter un nouveau lustre au nom que vous portez!

En essayant de reproduire les traits de nos ancêtres, j'ai moins obéi à mes talents d'écrivain qu'à mes sympathies comme *Enfant de Paris*. J'obéis mieux encore aujourd'hui à ces mêmes sympathies, en dédiant ce livre, à l'illustre orientaliste, au savant si modeste, à l'écrivain si judicieux, dont la vie privée, simple et sans faste, toute vouée à l'étude et à la pratique journalière des vertus les plus rares, est le commentaire en action de cette belle parole du texte sacré : *Le travail est la vertu.*

Veuillez, monsieur, agréer cette offrande d'une plume libre et fière, et croire à tous les sentiments de respect de l'auteur.

AMÉDÉE DE BAST.

Ce 25 avril 1841.

Aperçu général.

Le principe de l'association a fait en France de grandes et nobles choses. Les monastères, qui n'étaient en réalité que des associations religieuses, ont défriché les trois quarts du sol. Les serviteurs du Christ, soutenus par l'amour de l'humanité, ont bâti des édifices qui font encore la gloire et la dignité artistiques de la France; ils ont aplani des routes, percé des montagnes, rendu des déserts habitables, et creusé ces canaux qui portent au loin l'abondance et la fertilité. Et ces miracles obtenus, ces mêmes hommes se sont retirés dans leurs cellules, et, se livrant à l'étude des poètes et des prosateurs grecs et romains, nous ont conservé, au sein de leurs chartreuses, le secret des belles-lettres, des sciences et des arts. Aussi fut-ce des abbayes de Cîteaux, de Sainte-Geneviève, de Clairvaux et de Saint-Denis, que partirent les premières lueurs de ces généreuses et fécondantes clartés qui devaient illuminer le monde.

La noblesse militaire, sous les première et seconde races de nos rois, n'était, à proprement parler, qu'une association de gens de cœur, qui promettaient de consacrer leur épée à la défense de celui qu'ils avaient choisi pour chef, et du peuple, des rangs duquel ils étaient

sortis, à force de hauts faits et d'éclatantes preuves de bravoure.

Mais c'est principalement dans le commerce
que l'association a produit en France de précieux et incalculables résultats. C'est à Paris
surtout, dès les premiers siècles de la monarchie, que cette puissante et féconde émanation
d'une intelligence supérieure s'est révélée avec
le plus de force, de spontanéité et de développement : nos annales, si peu connues, si abandonnées aujourd'hui, sont remplies de faits
précieux qui attestent les triomphes et les succès de l'association. Mais parmi celles qui ont
porté à un si haut degré la splendeur de la capitale, ses richesses et sa puissance, il faut citer
en première ligne l'association connue vulgai-
rement sous le nom des *six corps*. C'est à cette
institution importante que nous avons consacré
la première partie de cet ouvrage. En initiant le
lecteur aux foyers du drapier, de l'épicier, du

mercier, du fourreur, du bonnetier et de l'orfèvre, nous développerons, en les rattachant à
quelque grave et intéressant épisode histori-
que, les réglements, les usages, les priviléges,
us et coutumes de chacune de ces professions.
Avant d'entrer toutefois dans cette série de faits
spéciaux, nous avons cru devoir tracer un aper-
çu général de cette vaste association même, qui
réunie sous un seul drapeau, et sous l'empire
d'une patriotique idée, marchait à la conquête
des améliorations sociales. Ce rapide exposé, en
facilitant l'intelligence des événements et des
faits qu'il nous restera à retracer, aura essen-
tiellement l'avantage de nous épargner toute
digression oiseuse et toute note en dehors des
faits qu'embrasseront nos récits.

Chacun des six corps de marchands était
gouverné par six maîtres et gardes, choisis par
le corps entre ses membres les plus irréprocha-
bles et les plus distingués. Leur administration

durait ordinairement deux années, et ils étaient
chargés de faire observer les Statuts, d'entrete-
nir la discipline et de veiller à la conservation
des privilèges. Dans les cérémonies publiques,
et dans l'exercice de leurs principales fonctions,
ils avaient le droit de porter la robe de drap
noir à collet et manches pendantes, paremen-
tées et bordées de velours, et de couleurs différentes pour chaque corps. C'était proprement
la robe consulaire, c'est-à-dire celle dont usaient
les juges et consuls séant sur leurs siéges.
Comme il n'y avait aucun corps dans la bourgeoisie plus apte à représenter la ville, l'honneur de succéder aux échevins dans la fonction
distinguée de porter *le dais* sur la tête des rois
et des reines aux cérémonies de leurs entrées
leur appartenait. Ils avaient aussi un autre
droit précieux, c'était de complimenter les rois
dans les événements considérables, de même
que les plus célèbres compagnies. Les regis-

tres des six corps, que nous avons sous les yeux, et qui vont jusqu'à l'année 1723, font foi qu'ils ont toujours été maintenus dans cette prérogative, et on voit dans cette même année 1723, qu'ils allèrent présenter leurs hommages à Louis XV, dans le palais des Tuileries, au sujet de sa majorité. Les six corps firent alors frapper une médaille avec cette inscription qui tombe dans le domaine de l'histoire :

« Les six corps de marchands ont complimenté le roi sur sa majorité, estant présentés par le duc de Gesvres, gouverneur de Paris, le XXIII février de l'année MDCCXXIII. »

« On doit regarder les six corps de marchands, dit un historien de la ville de Paris, comme les canaux par où passe tout le commerce de la capitale. Ce sont eux qui y entretiennent l'abondance de tout ce qui peut contribuer à l'utilité, à la commodité et à la magnificence des citoyens. L'étendue de leur

commerce, et le nombre infini de gens qu'ils
emploient ou qui dépendent d'eux, leur attire
continuellement la considération où nous les
voyons parmi le peuple. Après cela il n'est pas
étonnant que tous les honneurs destinés à la
bonne bourgeoisie leur soient comme particu-
lièrement réservés. Sans parler des places de
marguillers et de commissaires des pauvres,
qu'ils remplissent dans toutes les paroisses de
Paris, ils sont admis à celles d'administrateurs
des hôpitaux, conjointement avec les personnes
les plus qualifiées dans l'église et dans la magistrature. Ils administrent la justice consulaire, et ce sont eux qui disposent des places
de cette juridiction. L'échevinage semble leur
être propre dès son origine ; et c'est peut-être
par cette raison que le chef des échevins con-
serve encore le titre de *prévôt des marchands*.
On en a même vu quelques-uns monter à cette
première charge de magistrature municipale,

dans des temps où, depuis plus d'un siècle, elle n'était plus donnée qu'à des personnes de qualité. Tel fut Claude Marcel, marchand du corps de l'orfévrerie, demeurant sur le Pont-au-Change, qui fut fait *prévôt des marchands* en 1570, après avoir successivement passé par les degrés dont on vient de parler. »

Les six corps formaient entre eux une étroite confédération, en vertu de laquelle ils étaient unis pour le bien du commerce en général, et pour la conservation perpétuelle, tant des privilèges qui leur étaient communs, que ceux qui étaient propres à chaque corps en particulier. Cette union et ses effets étaient exprimés heureusement dans la devise dont ils se servaient. Elle avait pour corps un Hercule assis, qui s'efforce inutilement de rompre six baguettes liées ensemble et formant faisceau; et pour âme, ces mots : *Vincit concordia fratrum.*

Les trente-six gardes s'assemblaient toutes

les fois que le bien des affaires communes le demandait. Le grand garde de la draperie convoquait les assemblées et y présidait, comme étant à la tête du premier corps. Les résolutions passaient à la pluralité des voix, et le résultat en était mis sur le registre des délibérations, qui se conservait avec les autres titres communs, dans les archives du bureau des six corps. Chacun des corps particuliers avait sa maison commune et son bureau, où il tenait ses assemblées, ses délibérations, et où se classaient ses titres propres et ses archives.

Les changeurs habitaient autrefois le grand pont appelé, à cause d'eux, le Pont-aux-Changeurs ou le Pont-au-Change. En 1331, quelques Italiens, faux monnayeurs et filoux, étant venus s'établir auprès d'eux sur ce pont, le prévôt de Paris chassa de ce point tous les marchands de métaux précieux. Vers la fin du siècle suivant, et après la suppression de la prag-

matique (1461), leur corps s'affaiblit extrême-
ment, et le Pont-au-Change n'était plus occupé
que par des chapeliers et des faiseurs de pou-
pées. Enfin, les malheureux changeurs se
trouvaient si déchus en 1514, qu'ils furent
obligés de cesser de faire partie des six corps,
et cédèrent leur antique place aux bonnetiers.
Le peu de changeurs qui surnagèrent dans ce
désastre, se rattachèrent au corps des orfèvres,
dont ils augmentèrent la propension à la splendeur et à la magnificence. Nous n'avons donc
cité ici les changeurs que pour mémoire.

Le corps des drapiers était le premier des
six corps, et cette association se maintint toujours florissante et glorieuse. En 1185, Philippe-Auguste donna aux drapiers vingt-quatre
maisons des juifs qu'il avait bannis à la charge
de cent livres parisis de cens, payables tous les
ans à la saint Jean et à Noël. Ces maisons faisaient partie de la rue de la Draperie, et furent

réunies aux bâtiments de la maison priorale de saint Eloy, que les drapiers achetèrent pour donner plus de profondeur à leur logis. En 1491 (en ce temps, la religion participait à tous les actes de la vie sociale), le corps des drapiers installa l'image de Notre-Dame, sa patrone, et la bannière de la confrérie, dans l'église de Sainte-Marie-Égyptienne, où elles restèrent jusqu'à la destruction de cette église, en 1753. Le bureau des drapiers était situé rue des Déchargeurs, dans une maison qu'on appelait *les Carneaux*. C'était un vieux logis qui avait appartenu à Jean Lebrosse, archidiacre de Josas, et que les drapiers avaient achetés en 1527. La draperie avait pour armoiries, suivant la concession de Christophe Sanguin, prévôt des marchands, et des échevins, en date du 27 juin 1629, un navire d'argent à bannière de France en champ d'azur, un œil en chef, avec cette légende : *Ut cæteras dirigat*

Les épiciers, apothicaires, droguistes (auxquels il fait adjoindre les sauciers et chandeliers jusqu'au milieu du xv° siècle) formaient le second des six corps. Il est bon de remarquer en passant que les annales civiques ne font mention des apothicaires qu'à dater de l'année 1484. Ces derniers eurent souvent des démêlés fort vifs avec les épiciers; mais une transaction survenue en 1634, aplanit pour toujours ces querelles, naissant de rivalités entre les épiciers et les apothicaires.

Le corps de l'épicerie avait une prérogative qui lui était particulière. Ses gardes avaient le droit de visiter les poids et les balances dans les maisons, boutiques et magasins de tous les marchands et artisans de Paris, qui vendaient leurs marchandises et denrées à la pesée, même chez les maîtres de coches et carrosses de voitures, à l'exception cependant des marchands des autres cinq corps, chez lesquels s'arrêtait leur droit de visite. Cette prérogative était fondée sur ce que de temps immémorial les marchands épiciers de Paris avaient eu la garde de *l'estalon royal des poids,* avec obligation cependant de les faire vérifier de six ans en six ans sur les matrices originales qui étaient conservées sous quatre clés, en la Cour des monnaies, et que l'on croyait avoir été fabriquées du temps de Charlemagne.

Les armoiries données au corps des épiciers en 1629, étaient : Coupé d'azur et d'or ; sur l'azur, à la main d'argent, tenant des balances d'or ; et sur l'or, deux nefs de gueules flottantes, aux bannières de France, accompagnées de deux étoiles de gueules, avec ces mots en haut : *Lances et pondera servant,* qui indiquaient le dépôt des poids et mesures, confié à l'honneur et à la probité du corps.

Depuis l'an 1589, la confrérie des épiciers, droguistes, apothicaires se tenait au maître-autel des Grands-Augustins. Leur patron était saint Nicolas (le même que celui des drapiers), parce que, disent les statuts : *Les marchandises des confrères viennent presque toutes par mer, et par le moyen des pilotes et des mariniers dont saint Nicolas est le patron.*

Le troisième corps des marchands était celui des merciers et tapissiers. Pour donner une idée de la variété et de l'importance de ce corps, qui passait avec raison pour être le plus riche, nous allons laisser parler un des vieux historiens de Paris :

« Le troisième corps des marchands est si gros, qu'il contient deux mille quatre ou cinq cents chefs de famille, et n'embrasse pas seulement plus de quatre ou cinq cents sortes de vocations différentes, mais entreprend encore sur celles des autres corps de marchands, et même sur quelques-uns des artisans. Et de fait, aussi bien que les drapiers, ils vendent

des bas et des chausses de drap et de laine, avec
des drogues, comme les épiciers et les apothicaires. Chez eux, on achète gants fourrés, man-
chons et autres fourrures, qui est le fort des
pelletiers, et, tout de même, au préjudice des
orfèvres et bonnetiers, bonnets, bas, camisoles,
caleçons de laine et de soie, et tous ces bijoux
et galanteries dont l'orfévrerie nous pare. Ajou-
tez à cela que, dans leur boutique, on trouve
encore des gants, de la poudre, des *heures* et
mille autres gentillesses, qui font le négoce des
libraires, des parfumeurs, des gantiers et autres artisans. Si bien que l'on ne doit pas s'é-
tonner que ce corps soit si nombreux, et plus
riche, tout seul, que les autres cinq corps de
marchands, et si on lève autant sur lui que sur
tous les autres ensemble, quand il s'agit de
faire des levées sur les six corps. »

Or l'historien n'est pas au-dessous de la vérité dans l'appréciation des richesses des mer-

ciers. Nous lisons dans les *Mémoires du règne
de Henri II,* un fait qui prouve jusqu'à l'évi-
dence, la somptuosité, le luxe et la splendide
ordonnance des marchands merciers de Paris.

Vers l'automne 1557, Henri II, pour procurer quelques délassements à la reine Catherine de Médicis, sa femme et à Diane de Poitiers, sa maîtresse, ordonna *aux fêtes du Lan-
di,* la revue générale des gens de pied de sa
bonne ville de Paris. Les bourgeois qui, alors
comme aujourd'hui, avaient une prédilection
toute particulière pour ces innocents jeux de la
guerre, obéirent avec une joie, une prompti-
tude qui tenaient de l'enthousiasme. Vingt-sept
mille hommes se trouvèrent rangés en bataille
comme par enchantement dans toute la longueur
de la plaine Saint-Denis, et furent passés en revue
par le roi et sa cour. Mais un corps de trois
mille hommes attira surtout les regards du roi

par sa riche tenue, la précision de sa marche et la magnificence de ses armes. « Quels sont ces braves bourgeois? fit Henri au prévôt des marchands, maître Nicolle de Livre. — Sire, répartit le prévôt, ce sont les merciers des six corps. — Voilà une belle et vaillante montre, reprit le roi. Prince de la Roche-sur-Yon, ajouta-t-il, rangez-les-moi en bataille selon les us et coutumes de la guerre, et faites leur exécuter des marches comme à mes reitres et à mes Suisses : ils feront bien, j'en suis assuré. »

La prévision du roi se réalisa. Les merciers gonflés d'orgueil de ce compliment royal, se surpassèrent et firent le moins mal qu'ils purent. S'il eût existé dans ce temps-là des journaux ministériels, on eût imprimé que les merciers avaient exécuté les mouvements avec l'aplomb des plus vieilles troupes : mais le mensonge n'était pas encore une des branches du revenu public ; les spectateurs de la cour et de

1.

la ville se tinrent dans les bornes de la vérité, et dirent que les merciers n'avaient pas manœuvré trop mal pour des gens loin d'être aguerris au métier des camps. Du reste, il n'y eut qu'une voix sur leur bonne mine, leur magnificence et leur bon vouloir.

Ces mêmes merciers, dix années plus tard, faisaient un acte beaucoup plus patriotique, et digne d'éloges mieux mérités.

Charles IX, pressé par les ennemis, avait besoin de prompts secours en armes et en argent; il eut recours aux merciers, et, après quelques minutes de délibération, ces généreux citoyens versèrent dans les coffres de l'État 700,000 écus, et, en deux jours, fournirent assez d'armes pour équiper les régiments de Brissac et de Strozzi.

Les merciers se vantaient, avec quelque fondement, d'avoir presque joué un rôle politique; ils prétendent, dans leurs archives, avoir

possédé un chef suprême qui prenait le titre le
roi des merciers. Ce roi avait des officiers, des
licutenans, des délégués dans toute la France,
et on ne pouvait exercer la profession de mercier qu'en vertu de ses lettres de grâce. Le
grand chancelier de France lui donnait l'investiture de sa royauté, et au rapport de Fauchet,
on lui permettait de lever quelques droits sur
les merciers, en raison de ce qu'il était tenu de
fournir une certaine quantité de cire au sacre
du roi. Mais ce roi, comme ses compagnons,
les rois de la bazoche, des ribauds et de la ton-
nellerie, ayant abusé du pouvoir qui lui était
confié, fut forcé d'abdiquer, et Henri IV ache-
va de briser un sceptre qui avait perdu par son
indignité même sa force morale.

Au surplus il faut avouer que le corps des
merciers est, pour ainsi dire, lié au berceau
de la monarchie. Charlemagne avait bâti, sous
le nom de magasin (*mhagazein*, mot arabe qui

signifie trésor), une espèce de bazar, à quelques pas de son palais, sur les bords de la Seine, où il permettait aux merciers de venir étaler leurs marchandises, du dimanche de la
Quasimodo à l'Assomption; et les rois de la
troisième race firent bâtir, tout exprès pour
eux, une galerie dans leur propre palais, qu'on
appela galerie des Merciers. Enfin, la Grange-
aux-Merciers, comprise encore de nos jours
dans le faubourg Saint-Antoine, est l'ancien emplacement où ces marchands exposaient leurs
marchandises, quand la cour, sous Charles V,
sous Charles VI, sous Charles VIII, Louis XI
et Louis XII, venait au bois de Vincennes prendre les divertissements champêtres interdits
à l'hôtel Saint-Paul et au château des Tour-
nelles.

Le patron des merciers était saint Louis.
Long-temps ils solennisèrent sa fête aux
Quinze-Vingts, mais leur chapelle ayant été

convertie en infirmerie, Charles VI, en 1405, leur permit de tenir leur confrérie au palais, dans la vaste salle dite de *Monseigneur saint Louis*, bâtie au bout des grandes galeries de ce temps-là. Mais en 1508, ils furent contraints de suspendre leurs assemblées en cette chambre, car les travaux du parlement en souffraient. Cet empêchement, néanmoins, ne les déposséda pas tout à fait, car, si le jour de leur fête il leur arrivait de ne pouvoir s'assembler dans la salle de saint Louis, le parlement leur abandonnait la grande salle du palais, avec les bancs, le mobilier, et de plus sa cuisine qui était attenante.

Vers le milieu du xviiie siècle, la confrérie était établie au sépulcre dans la chapelle de saint Voult-de-Lucques, et son bureau dans la rue Quincampoix, en une maison non moins belle et non moins opulente que celle qu'occupait les drapiers. Les merciers avaient pour armoiries

l'image de saint Louis en champ d'azur, tenant
une main de justice semée de fleurs de lys d'or,
quoiqu'en 1626, le prévôt et les échevins leur
donnassent pour armoiries trois nefs argent à
bannières de France, un soleil d'or à huit raies
en chef entre deux nefs. Ces armoiries étaient
en champ de sinople.

Le quatrième corps des marchands était
celui des pelletiers, le moins nombreux et le
plus pauvre. Il prétendait bien avoir été sous
les rois de la première race, et au commencement de ceux de la seconde, le premier des six
corps, mais comme il n'appuyait cette préten-
tion d'aucun document positif, il est permis de
croire que le rang qu'il occupait était véritable-
ment celui que le climat, les modes et les usages de la France lui avaient assigné. Vainement
les pelletiers alléguaient-ils que la prééminence
leur avait jadis été accordée, parce qu'à eux
seuls était réservé l'honneur de faire la robe

du roi, mais qu'avec l'envahissement de la soie, étant devenus pauvres, de riches qu'ils étaient, il leur avait fallu vendre leur puissance et leurs prérogatives aux drapiers : ils n'apportaient point de preuves à l'appui de ces assertions, et partant on ne pouvait adopter comme des documents constants ces espèces de traditions qui se perpétuaient cependant orgueilleusement dans le corps.

Philippe-Auguste, nous l'avons déjà dit, donna aux pelletiers dix-huit maisons de juifs, dans la rue même de la Pelleterie d'aujourd'hui, et partagea ainsi ses faveurs entre les pelletiers et les drapiers. Cette générosité royale semble n'avoir pas porté bonheur aux pelletiers; car depuis Philippe-Auguste leur splendeur ne fit que décroître. En 1586, ils associaient à leur corps la communauté des fourreurs, mais ces nouveaux associés, dont le nom leur déplaisait, n'apportèrent que de faibles avantages à un corps déjà sur le penchant de sa ruine.

Notre-Dame et saint François étaient, depuis l'origine de l'association, le patron du corps; ce ne fut que depuis l'année 1590 qu'ils adoptèrent pour patronat le Saint-Sacrement. Les pelletiers célébraient cette fête dans l'église des Billettes, avec une grande solennité. A l'exemple des merciers, les pelletiers n'avaient pas voulu changer d'armoiries; et ils conservèrent toujours leur agneau pascal d'argent, tenant une croix d'or au champ d'azur, et terminé par une couronne ducale.

Dans les ordonnances des métiers de Paris, dressées en 1390, d'après Boylesve, les bonnetiers qui formaient le cinquième corps des marchands, sont appelés *aulmussiers, bonnetiers, mitainier* et *chapeliers* de Paris. Ce corps était florissant et possédait des biens assez considérables qu'il avait su acquérir, maintenir et

conserver pendant plus de six cent cinquante
ans.

Le bureau du corps des bonnetiers était
dans la rue des Écrivains, et leur confrérie se
tenait dans la chapelle de saint Fiacre qu'ils
avaient pris pour patron. « De toutes ces cha-
pelles, dit un annaliste, c'est la mieux placée :
sur la frise d'un lambris qui l'environne, ajou-
te-t-il, sont taillés des bonnets de différentes
manières. Dans les vitres sont peints çà et là
des chardons et des ciseaux ouverts, principalement des ciseaux ouverts avec quatre chardons au-dessus qui sont leurs premières armes, et qu'ils ont quittées en l'an 1629, pour
prendre celles que le prévôt des marchands et
les échevins leur donnèrent. C'étaient cinq nefs
d'argent aux bannières de France, une étoile
d'or à cinq pointes en chef. Ces armoiries en
champ de gueules. »

La plus riche, la plus brillante et la plus

éclairée des corporations, était sans contredit celle des orfèvres. Les orfèvres tenaient par leurs études, par leurs travaux à l'art antique et par l'essence même de leur commerce, aux usages, aux façons et aux manières de la cour et de la haute bourgeoisie. Cependant ils n'occupaient que le dernier rang de l'aggrégation des six corps. Transcrivons quelques lignes d'un auteur du XVIIe siècle sur les orfèvres :

« Qui voudrait croire ces sortes de mar-
« chands ici? anciennement, à ce qu'ils disent,
« ils étaient et ils voulaient être les premiers
« des six corps, dans le temps qu'on leur con-
« fiait la garde du buffet du roy, pendant les
« festins royaux qui se faisaient dans la grande
« salle du palais, après les entrées des empe-
« reurs, des roys et des reines. Et cela, comme
« le jugeant le plus honorable alors et le plus
« conforme à leur emploi, afin de se trouver
« proche du buffet royal et n'avoir qu'un pas à

« faire pour s'y rendre. Cette raison cependant,
« qui est la plus forte qu'ils alléguèrent lors-
« qu'ils se pourvurent au parlement pour le
« réglement de leur marche avec les bonnetiers,
« ne les empécha pas de perdre leur procès. »

Aux yeux de l'équité, le parlement rendit
sans doute un arrêt fort respectable, mais aux
yeux de l'intelligence, cet arrêt dût être cassé.
Qui pourrait, en effet, soutenir que des hommes
qui façonnait avec le marteau, le poinçon, la
lime et le ciseau des métaux rebelles, et im-
priment sur chacun de leurs ouvrages le sceau
de leur imagination et quelquefois de leur génie, ne doivent pas prendre le pas sur des com-
merçants dont tout le mérite se borne à débi-
ter le produit d'un travail mécanique et mer-
cenaire.

Les orfèvres avaient pour patron saint Éloy,
dont le nom populaire est en France accolé à
celui de son royal pénitent Dagobert.

Saint Éloy qui fut à la fois homme politique, artiste, savant, astronome, agriculteur et mécanicien, légua de grands exemples de vertu à ceux qui le prirent plus tard pour patron, et, il faut le dire, la corporation des orfèvres ne fut en aucun temps indigne du glorieux patronnage de ce grand homme.

Le bureau et la chapelle du corps des orfèvres étaient rue des Deux-Portes. La chapelle était grande, bien bâtie et tenant à plusieurs maisons qui en dépendaient, et que les orfèvres, que le lecteur y fasse bien attention, *louaient pour rien* aux pauvres de leur vacation.

La ville leur donna comme aux autres corps, des armes en 1629. Mais les orfèvres conservèrent toujours leurs anciennes armoiries qui étaient de gueules à la croix danchée d'or, écartelée au premier et au quatrième d'une couronne d'or, et au second et tiers, d'un ci-

boire couvert d'or, au chef d'azur semé de
fleurs de lys d'or sans nombre, avec cette légende : *In sacra in que coronas.*

Maintenant que nos lecteurs sont suffisam-
ment édifiés sur les phases diverses de ces associations, qui, mises en faisceau formaient
l'assemblage puissant des six corps, nous allons tracer le tableau rapide des mœurs et de
l'histoire organique et judiciaire de chacun
d'eux, dans une série d'esquisses qui reprodni-
ront en même temps les mœurs bourgeoises de
1140 à l'année 1740. Ce fut à peu près à cette
époque, en effet, que l'esprit d'association
commença à se relâcher, pour périr et disparaître cinquante ans plus tard dans l'abîme où
s'engloutissaient les croyances, l'ordre social
et la monarchie !

I

Les Drapiers.

— 1182 —

Philippe-Auguste, à peine âgé de dix-sept ans, signala les premières années de son règne par deux mesures de la plus haute portée politique. Ces deux grands faits nationaux, diversement jugés par les historiens, sont l'abaissement du pouvoir féodal et l'expulsion des juifs hors du royaume. Cette dernière mesure, qui se rattachait plus qu'on ne pense à la première, est la seule qui doive nous occuper aujour-d'hui, et qui puisse entrer dans le plan succinct que nous nous sommes tracé.

Philippe-Auguste, dit un historien, pour mettre fin aux progrès démesurés des juifs, aux profanations sacrilèges et aux vexations de ces ennemis du nom chrétien, après avoir con-sulté le frère Bernard, de Vincennes, qui vivait en odeur et réputation de sainteté, déchargea tous les chrétiens de son royaume des dettes qu'ils avaient contractées envers les juifs, à la réserve de la cinquième partie qu'il affecta au fisc royal. Il donna ensuite un édit, au mois d'avril 1182, par lequel les juifs étaient con-damnés à vider le royaume dans le terme de la saint Jean prochaine, avec confiscation de leurs biens en terres, maisons et autres immeubles. On leur permit seulement de vendre leurs

meubles, pour avoir de quoi fournir à leur retraite. Quelques-uns s'étant fait baptiser, ob-
tinrent du roi la liberté et la conservation de
leurs biens ; d'autres gagnèrent par présents
les évêques et les seigneurs de la cour, qui sol-
licitèrent le roi de révoquer son édit. Mais Philippe-Auguste demeura ferme, et les juifs, en
grand nombre, sortirent du royaume au mois
de juillet de la même année.

Le peuple des diverses provinces de France,
mais surtout le peuple de Paris était courbé
sous le joug des publicains israélites. Ces usu-
riers, protégés secrètement par les premiers
vassaux de la couronne avec lesquels ils partageaient le fruit de leurs odieuses rapines,
étaient parvenus à un si haut degré d'outrecui-
dance et d'impudeur, qu'ils exerçaient sur les
choses les plus nécessaires à la vie le mono-
pole le plus effroyable. C'est ainsi qu'en 1176,
un certain Judas Malavoir acheta toutes les

récoltes de la Beauce, de la Touraine, de la Picardie, et affama Paris pendant deux années, faisant payer au peuple le pain trois fois plus cher que de coutume. Un autre juif accapara les cuirs et les graisses, et le pauvre peuple fut hors d'état pendant plus de six mois de se chausser et de s'éclairer. Une paire de souliers se vendait jusqu'à trois sous d'argent (15 fr. 60 c. de la monnaie d'aujourd'hui), et une chandelle ne coûtait pas moins de trois deniers au lys (7 sous). Les juifs n'étaient pas, nous l'avons dit, les uniques fauteurs de ces énormités coupables.

Les grands seigneurs étaient leurs complices. Mais Philippe ne pouvait frapper des hommes placés aussi près du trône; il fallait abattre les instruments avant de frapper la main : l'édit de 1482, longuement médité et profondément discuté dans le conseil du jeune roi, devait atteindre ce noble but.

Et ce conseil était composé de la fleur des hommes sages de la nation. Luc de Marennes, président du parlement ambulatoire; Jacques de Cervoise, chancelier; Antoine de Saint-Palais, avocat du roi; Guy de Haute-Roche, maître des requêtes; Guillaume de Bragneul, argentier de la couronne; et ce Maurice de Sully, évêque de Paris, modèle de charité évangélique, auquel la capitale doit l'un de ses plus beaux monuments, Notre-Dame de Paris, avaient donné leur assentiment à cette mesure qui, comme toutes les grandes déterminations de ces temps peu éclairés, devait passer à l'aide d'une fiction religieuse. Les juifs ne furent donc pas bannis réellement parce qu'ils étaient juifs, mais parce qu'ils étaient oppresseurs, parce qu'ils formaient une nation dans la nation, parce qu'ils fomentaient les révoltes des grands, en versant incessamment dans leurs coffres l'argent extorqué aux sueurs, aux souf-

frances et à la faim du peuple qui les maudis-
sait.

A cette magnifique idée d'abaisser l'orgueil
des grands feudataires de la couronne, se joignait dans le cœur de Philippe une pensée non
moins généreuse et noble, celle d'embellir la
capitale du royaume et de la rendre digne de
l'amour et de l'admiration du monde chrétien.
Il commença par acheter des lépreux, qui de-
meuraient hors de la ville, une foire ou mar-
ché qu'il transporta dans une grande place plus
à portée du commerce et appelée *Champeaux,*
c'est-à-dire petits champs, et qui déjà avait été
destinée à l'usage du public par le roi Louis VI,
son aïeul. Ce fut là qu'il fit bâtir les premières
halles pour la commodité des marchands. Il
pourvut de plus à la sûreté des objets de leur
négoce par un mur de pierre qu'il fit construire autour des halles, avec des portes qui
fermaient la nuit; et entre ce mur de clôture

et la maison des marchands, il fit faire une
espèce de galerie couverte, en manière d'ap-
pentis, afin que la pluie n'interrompît pas le
commerce.

Tels furent les premiers commencements
des halles, qui firent pendant plus de cinq siècles l'admiration des étrangers. Par trois ordonnances, qui se voient aux livres rouge et
blanc du Châtelet, la première sans date, la
seconde du 12 octobre 1368, la dernière du
24 juin 1571, il paraît que tous les marchands
étaient obligés de venir vendre aux halles les
mercredi, vendredi et samedi de chaque se-
maine, à peine de quarante sous d'amende, et
que ces mêmes jours ils ne pouvaient rien
vendre ni rien étaler ailleurs, sous peine de
dix livres parisis.

Philippe appliqua ensuite tous ses soins à la
salubrité de la ville. Il fit percer des rues et en
fit élargir d'autres ; il ordonna le pavage des

principaux quartiers ; commença la construction des murs d'enceinte, dont quelques fragments existent encore aujourd'hui, et fit élever comme par enchantement cette magnifique tour du Louvre, dont la création fut au pouvoir royal ce que devait être la chute de la Bastille au pouvoir populaire. Il l'affermit pour quatre siècles, et désormais les peuples apprirent qu'au-dessus des forteresses et des donjons qui hérissaient le sol de la France, il y avait une tour formidable qui les dominait tous, et qui contenait dans ses flancs de quoi faire respecter les droits du monarque et les franchises de la nation.

La confiscation s'étendit sur tous les biens des juifs, mais cette fois le jeune monarque ne voulut pas que les complices des proscrits fussent appelés au partage de leurs biens. — Les juifs ont mal mené le pauvre peuple, disait Philippe, c'est au pauvre peuple à jouir des biens qu'ils ne pourront pas emporter. Et partant de cette idée, une partie des maisons que les Juifs possédaient à Paris furent livrées aux hôpitaux, les autres furent données aux diverses corporations. Le corps des drapiers eut pour sa part, dans ce don de munificence royale, vingt-quatre maisons, sauf un cens annuel de cent livres parisis. Ces vingt-quatre maisons étaient situées dans la *rue au Chat*, entre la rue des Marmouzets et la rue de la Barillerie [1].

Cependant l'édit de Philippe-Auguste était

---

* La rue de la Barillerie, vis-à-vis le Palais, dit un vieil annaliste de Paris, s'appelle, dans un concordat passé en 1280 entre Philippe-le-Hardi et les couvents de Saint-Maur et de Saint-Éloi, *via Barilleria*. Robertus Cenalis, dans sa hiérarchie française, l'appelle la *rue de la Babillerie*, *via Loquutuleia* et *via Locutia,* le dernier est beaucoup moins mauvais que l'autre, et a été formé apparemment sur le nom du dieu *Ajus Locutius*, qu'honoraient les Romains, et à qui ils bâtirent un temple dans la rue Neuve de Rome, au lieu même où Marcus Cæditius avait

reçu dans Paris avec des manifestations de joie difficiles à décrire. Le peuple se livrait à des danses, à des divertissements qu'on ne saurait guère apprécier aujourd'hui. Les écoliers de l'Université s'étaient mis de moitié, dans cette liesse *, et on voyait des forgerons, des tisse-

ouï une voix plus forte que la voix humaine, et qui l'avertissait de faire savoir aux tribuns militaires que bientôt apparaîtraient là les Gaulois..

* Depuis le pont au Change jusqu'au port aux Œufs, sur le parvis Notre-Dame, à la place de la Grande-Boucherie, et jusque sous les vieux chênes de l'île de Notre-Dame (aujourd'hui l'île Saint-Louis) on ne voyait, dit un annaliste contemporain, que des danses plus ou moins falotes : la danse macabre ne présente rien de semblable. On danse même sur l'eau, et les gens de rivière forment, avec les buandières qui demeurent dans les bicoques du Châtelet des jeux et des exercices tout-à-fait divertissants Ce qu'il y a d'admirable au milieu de tout ce debordement de joie populaire, c'est que les juifs., auxquels on a assigné pour sortir de Paris la porte Baudet, d'une part, et la porte du Châtelet de l'autre, s'en vont, sans être ni insultés ni bafoués. Il y a plus, un de leurs riches rabbins, qui cheminait sur une mule superbement enharnachée, tomba du haut de sa monture en passant sur le pont-levis de la place Baudet, et, dans sa chute, un sac

rands, des maçons et des charpentiers se promenant bras-dessus bras-dessous avec les pages du palais du roi et les clercs du Palais. Des cavalcades, des chars pavoisés de drapeaux et ornés de lanternes allumées, circulaient dans Paris, et les enfants de la bazoche, affublés de costumes singuliers, célébraient dans des vers moitié latins moitié français, la sagesse du

de peau qu'il portait à sa ceinture, se crevant, répandit à l'entour une grande quantité de pièces d'or. Aussitôt toute cette multitude qui se pressait au passage se mit en quête des pièces éparses, et les lui rapporta les unes après les autres, sans qu'il en fût dérobé une seule. Le rabbin, qui n'était que depuis quelques années à Paris, était émerveillé de cette action, et il ne cessait de lever les yeux et les mains au ciel, en signe d'admiration et de reconnaissance. Mais son ébahissement ne s'arrêta pas là, car, ayant voulu faire accepter une pièce d'or à un pauvre gueux qui avait cherché les pièces d'or avec plus d'empressement encore que les autres, il fut bien étonné de l'entendre refuser tout net : « Seigneur juif, répondit le croquant, je n'ai pas besoin d'or : avec ces bras-là je gagne ma vie. Gardez, gardez vos richesses, elles vous profiteront, et si Dieu vous donne double appétit, vous dinerez deux fois les jours où je jeûne. »

jeune roi, qu'ils comparaient à David et à Salomon.

Et voilà bien le peuple de Paris, tel qu'il est encore : se laissant aller aux impressions les plus opposées, mais probe, insoucieux, désintéressé, et se contentant facilement d'une justice tardive qui n'ajoute rien à son bien-être, mais lui fait rêver un autre avenir; et ici, disons-le, nous regrettons de n'avoir pu traduire dans sa grâce et sa naïveté originale ce fragment où se peint à vif ce cher peuple, auquel nous appartenons de sang et de cœur.

Certes la comparaison n'était pas bien choisie : comparer Philippe-Auguste à David et à Salomon, au moment où les descendants de ces deux saints rois étaient chassés par lui de la France, c'était une licence par trop poétique; mais l'esprit d'inconséquence était alors l'esprit de notre frivole nation. Pouvons-nous dire qu'il ait entièrement changé de nos jours ?

Maurice de Sully, évêque de Paris, avait été chargé par Philippe d'annoncer au corps des drapiers, dans la personne de son doyen, le don des vingt-quatre maisons confisquées aux juifs. Le bon évêque se rendit donc, à la tombée de la nuit, chez maître Mathieu Coquelin, doyen et premier garde des drapiers : l'honnête bourgeois se trouvait alors au milieu de sa nombreuse famille.

— Que le Seigneur soit avec vous, dit l'évêque en donnant affectueusement sa bénédiction à la famille assemblée.

Tout le monde se leva.

— Que le Seigneur soit avec vous, répéta l'évêque, et il embrassa cordialement le bon bourgeois qui voulait se jeter à ses genoux.

Sur un signe de maître Mathieu, deux serviteurs approchèrent une chaise de bois à dossier et à crépine de tapisserie, et l'évêque de Paris s'y assit, tandis que deux clercs qui l'ac-

compagnaient prenaient place sur des escabeaux à quelque distance de la table.

—Maître Coquelin, dit Maurice de Sully,
nous savons combien le roi notre sire prend
intérêt à l'éclat et à la splendeur du commerce
de Paris, et principalement au corps des drapiers qui vous a choisi pour digne chef; je
viens par l'ordre du roi vous annoncer une
bonne nouvelle.

— Monseigneur, répondit le marchand, votre présence dans ma maison est déjà un honneur : je ne convoiterai pas aujourd'hui un
second bienfait de la Providence. Quand le
pasteur daigne visiter ses ouailles, avec lui entre dans le bercail la bénédiction du ciel et de
la terre.

— Maître Mathieu, répartit Maurice de
Sully, c'est moins en ce jour l'évêque et l'apô-
tre qui vient vous visiter, que le conseiller du
roi et le membre du Parlement. Ecoutez-moi,

Mathieu ; vous avez eu connaissance, comme toute la population du royaume, de l'édit qui chasse les juifs hors de France. Comme tous les bons bourgeois de Paris, vous avez assisté au départ des descendants d'Abraham et de Jacob...

— Oui, monseigneur.

— Eh bien, maître Mathieu Coquelin, le roi Philippe a, dans sa sagesse, distribué les biens immobiliers des juifs. Il a voulu que les richesses acquises par la confiscation à la couronne fussent partagées entre les corporations les plus utiles au peuple. Maître Mathieu, le corps des marchands drapiers est doté de vingt-quatre maisons juives de la rue au Chat, par la munificence du roi.

Mathieu Coquelin n'était pas un homme d'une intelligence supérieure ; comme tous les trafiquants de son siècle, il ne savait ni lire ni écrire, mais il possédait au plus haut degré le

sentiment du juste et de l'injuste, et ce surcroît
de fortune, qui arrivait par la confiscation,
c'est-à-dire par une mesure violente et arbi-
traire au corps de draperie, ne flattait que
modérément son amour-propre. Le bon bourgeois réprima avec peine une grimace signi-
ficative.

L'évêque devina ce qui se passait en lui.

— Quoi donc! maître Mathieu, fit Maurice
de Sully, auriez-vous quelque scrupule à héri-
ter des déprédations de la nation juive?

— En vérité, monseigneur, répondit le drapier, j'avoue ingénument que j'aurais mieux
aimé une bonne commande d'étoffes pour les
pages et valets de la Cour du Sire notre roi
qu'une telle aubaine. Je ne sais, monseigneur,
mais ce maudit mot de confiscation sonne
mal pour moi; et pour rien au monde je
ne voudrais devoir le pain que je mange et

l'habit qui me couvre au malheur même d'un ennemi.

— Dieu a donné aux rois le droit d'agir autrement que le commun des hommes, répartit l'évêque. David, le grand David, n'a-t-il pas pillé et ravagé les terres des Amalécites, des Madianites et des Philistins, à la tête des soldats d'Israël. Avant lui, Josué et Gédéon n'avaient-ils pas livré aux flammes et au pillage les villes et les villages du pays de Chanaan. Tout n'arrive en ce monde que par la permission du Dieu puissant. Maître Mathieu, obéir à son prince, humilier sa raison devant la décision suprême des conseillers du trône et de la patrie, voilà le devoir d'un loyal sujet et d'un franc bourgeois.

— Pardonnez-moi, monseigneur, je ne suis pas clerc, reprit le marchand; je ne vois les choses de ce monde qu'avec les yeux de la chair. Il n'appartient qu'à vous, pontife vénérable et homme de science humaine, de bien juger des affaires du siècle. Aussi, monseigneur, je me laisse guider par votre sagesse, et j'accepte, au nom du corps des drapiers, le riche don que le roi Philippe nous veut octroyer.

— Maître Mathieu, dit le prélat en se levant, je suis comme vous sorti des rangs du peuple*, comme vous aussi j'ai un cœur qui sait compatir aux maux de mes semblables, à quelque religion qu'ils appartiennent, mais

---

* Maurice de Sully était natif de Sully, petite ville sur la Loire. Son père était un pauvre tonnellier. Maurice fut élu évêque de Paris après Pierre Lombard, à cause de sa science et de sa vertu. Il était charitable, libéral et magnifique; il fonda les abbayes d'Hermières et d'Hérivaux, et embellit la capitale d'un grand nombre de monuments. Notre-Dame est du nombre. Il ordonna qu'on gravât sur son tombeau ces paroles de l'office des morts : — *Credo quod redemptor meus vivit, et in novissimo die de terra surrecturus sum.* Il mourut le 11 septembre 1196, et fut enterré dans l'abbaye de Saint-Victor, où l'on voyait encore son épitaphe en 1789.

plus que vous peut-être j'ai l'instinct de ce qui peut et de ce qui doit être dans l'ordre des événements humains : que votre conscience se rassure, et que nul remords ne vienne troubler la sécurité de votre âme.

Puis, ayant donné l'ordre aux deux clercs qui le suivaient d'allumer les flambeaux de résine qu'ils tenaient à la main.

— Il faut que ce soir même, maître Mathieu, je vous mette en possession des vingt-quatre logis qui vous sont donnés, reprit l'évêque. Ma bénédiction épiscopale doit précéder votre entrée en jouissance, et, dès demain, le roi veut que votre corporation s'occupe de l'assainissement et de la réparation de ce quartier.

— Je suis aux ordres de votre sainteté, répartit le bourgeois.

Et après avoir passé à la hâte une robe de velours noir à chaperon fourré, marque distinctive de sa dignité, Mathieu Coquelin suivit l'évêque et ses deux clercs.

Après quelques minutes de marche, ils arrivèrent dans la rue aux Chats (appelée depuis Philippe-le-Bel rue de la Vieille-Draperie). Les maisons abandonnées par les juifs présentaient un aspect horrible à l'extérieur, et plus hideux encore quand on en franchissait le seuil. Nul cloaque n'était comparable à ces sordides repaires d'un peuple immonde. Des lambeaux de vieilles tapisseries, des débris de poteries, des fragments de vieux meubles vermoulus gisaient çà et là dans ces logis où un air méphitique semblait s'exhaler des solives mêmes et des plâtres humides et noircis. L'évêque et le doyen des drapiers marchaient silencieusement à la lueur des torches, et paraissaient accomplir leur mission dangereuse avec autant de résignation que d'intrépidité.

Ils visitaient le dernier étage de la dernière maison, lorsque des voix de femmes se firent entendre. L'évêque s'arrêta et le drapier fit de même : ils écoutèrent, et après de longues recherches, ils reconnurent que le bruit de ces voix partait d'une chambre dont la porte avait été récemment murée. Les serviteurs du drapier s'armèrent de pioches, et, au bout de quelques minutes, l'huis démoli donna accès dans une pièce où un spectacle inattendu frappa de stupeur l'évêque et le bourgeois.

Une vieille femme accablée de douleur et d'infirmités était étendue sur un lit; trois jeunes filles d'une éclatante beauté étaient assises au chevet et lui lisaient tour à tour à la lueur vacillante d'une lampe les versets d'une bible en hébreu qui était ouverte sur un pupitre.

A l'aspect de l'évêque et du doyen des drapiers, les jeunes filles, dont le visage trahissait l'effroi, se jetèrent simultanément à genoux.

— Grâce ! grâce ! s'écrièrent-elles en déroulant selon le rite israélite les longues tresses de leurs cheveux ; punissez-nous, messeigneurs, mais épargnez notre aïeule !

— Pourquoi avez-vous enfreint les ordres du roi, dit d'une voix grave, mais sans sévérité le drapier ; pourquoi êtes-vous demeurées en ce logis !

— Monseigneur, monseigneur, exclamèrent à la fois les jeunes filles, pitié ! pardon ! si nous avons désobéi au sire roi !

— Parlez, et n'ayez nulle crainte, pauvres créatures, dit l'évêque de Paris en se baissant pour les relever ; dites la vérité, et ayez confiance en notre secours.

— Monseigneur, reprit la plus âgée des jeunes sœurs, notre père, nos frères sont partis suivant le vouloir du roi, mais notre pau—

vre grand'mère, que vous voyez là, ne pouvait
les suivre. Nous nous sommes décidées à rester près d'elle et à ne pas l'abandonner. En
faisant murer cette porte, nous espérions cacher durant quelques jours notre infraction
au sévère édit; plus tard nous aurions em-
porté dans un logis qu'on nous a préparé au
village de Chelles, notre aïeule, dont les forces ne se sont pas conservées comme l'intelligence.

— Bonnes filles! dit Maurice de Sully avec
effusion; mais savez-vous quel horrible châtiment vous encouriez si d'autres que nous vous
avaient trouvées céans?

— ... Fouettées par l'ignominieuse main du
bourreau, flétries par ses caresses peut-être,
ou livrées aux tortures et à la mort!..

— Nous le savions, monseigneur; mais
fallait-il donc abandonner la mère de notre

mère?.. Oh! messeigneurs, pitié, pitié pour
elle et pour nous!

— Maître Coquelin! fit l'évêque Maurice de
Sully.

— Monseigneur! répartit en le fixant d'un
œil humide le drapier.

— Que ferez-vous?

— Monseigneur, la loi de Dieu passe chez
moi avant la loi du roi. Je sauverai ces pauvres
jeunes filles et leur vieille aïeule, et il en adviendra tout ce qu'on voudra.

— Et il n'en adviendra rien que de sacré,
dit l'évêque, en enfonçant son bâton pastoral
sur le seuil chancelant de la porte. Jeunes
filles, continua-t-il d'un ton affectueux, si l'on
venait troubler votre retraite, dites que cette
maison appartient au corps des drapiers de la
ville de Paris, et que vous l'habitez sous leur
foi et garde : si on veut vous faire violence,
montrez ce bâton pastoral, et les plus témé

raires s'arrêteront... Enfants d'Israël rappelez-vous-le bien, cette houlette est la crosse de votre frère l'évêque de Paris.

Les jeunes filles s'étaient précipitées à genoux à ce nom sacré, et la vieille aïeule, qui s'était dressée sur son séant, d'une voix stridente comme celle de la pythonisse évoquant l'ombre de Samuel devant Saül : — Lia, Sara, Rachel, s'écria-t-elle, je vous donnerai le pouvoir de reconnaître le bien qu'on vous fait en ce jour. Quant à vous, Maurice de Sully, quant à toi, Mathieu Coquelin, bénis soyez-vous, car vous le méritez, et je vous promets la félicité dans ce monde et la glorification de votre nom dans la postérité.

Au commencement de l'année 1185, le 16 de janvier, Heraclius, patriarche de Jérusalem, et Roger, maître des hospitaliers, envoyés par Beaudoin IV, roi de Jérusalem, arrivèrent à **Paris**, où ils furent reçus par l'évêque Maurice de Sully, à la tête du clergé et du peuple en procession. Le lendemain, le patriarche prêcha dans l'église de Notre-Dame, après y avoir célébré la messe.

A la première nouvelle de leur arrivée, Philippe, qui était à Melun, revint en toute hâte à Paris. Il reçut les ambassadeurs avec effusion, leur donna le baiser de paix et les défraya magnifiquement tant qu'ils restèrent sur le territoire de France. Les ambassadeurs lui présentèrent les clés de la ville de Jérusalem et du saint sépulcre, en le suppliant, au nom de leur maître et des chrétiens d'Orient, de les secourir contre le tyran Saladin.

Philippe-Auguste, touché du récit de leurs malheurs, et des maux qui les menaçaient, assembla le Parlement, c'est-à-dire les conseillers-clercs de son conseil, les prélats et les

principaux seigneurs du royaume. La question
de savoir si le roi se mettrait à la tête d'une
croisade fut longuement agitée, et ceux qui
penchaient pour cette mesure allaient peut-
être faire prévaloir leur opinion, lorsque Michel Guillemin, conseiller au Parlement, et
président des enquêtes en la prévôté du Louvre, se leva, et prononça ces paroles mémora-
bles : — Malheur au roi qui abandonne le
sceptre pour se saisir de l'épée ! malheur au
peuple qui répand son sang et son or sur une
plage qui n'est point celle de la patrie ! Et l'o-
rateur continuant avec une respectueuse véhé-
mence, développa les dangers d'une semblable
expédition. Le discours de Michel Guillemin
fit une profonde impression sur le conseil,
et l'on décida à l'unanimité que le roi ne pren-
drait point part, de sa personne, à l'expédition ; mais qu'il enverrait, aux frais de la
couronne, un bon nombre de chevaliers et de

troupes aguerries, tandis que les évêques prê-
cheraient dans leurs diocèses une nouvelle
croisade pour la défense de la foi, et qu'un
appel d'argent serait fait à toutes les confréries et corporations des principales villes de
France.

A Paris, les six corps ne furent point ou-
bliés, et Maurice de Sully, évêque de Paris,
assisté de Michel Guillemin, se présenta chez
le doyen de la corporation des drapiers, maître Mathieu Coquelin.

Les deux envoyés du Roi expliquèrent au
drapier le motif de leur démarche, et finirent
par cette invitation, qui ressemblait fort à un
ordre : — La corporation des drapiers est la
plus opulente des associations de la capitale,
dirent-ils ; elle a été, en outre, magnifiquement
dotée par le roi Philippe lors de la confiscation des biens des juifs ; c'est à elle de donner
l'exemple de la gratitude et du dévoûment ;

c'est à elle de verser amplement dans les coffres de l'État les premières sommes nécessaires
à une expédition qui a la gloire du nom français
et la défense de notre sainte religion pour but.

— Monseigneur l'évêque et messire président, répartit le drapier, je voudrais pouvoir,
au nom de la corporation dont j'ai l'honneur
d'être le doyen, accéder sur-le-champ à vos
justes demandes ; car les bons citoyens doivent
aide et concours à la religion et à la couronne.
Mais le commerce de la draperie est tombé
aujourd'hui si bas, qu'à peine, malgré les dons
du roi, pouvons-nous suffire aux charges et
dépenses que nos statuts et les lois du royaume
nous imposent. Depuis l'exclusion des juifs,
nous avons perdu des sommes immenses ; car
vous n'ignorez pas, monseigneur et messire,
que, par leur industrie, nous recevions en
droite ligne des draps de Ségovie en Espagne,
de Pesth en Hongrie, et de Cambridge en An-

gleterre ; aujourd'hui, nous sommes réduits à vendre des draps tissés en France, et vous savez que la fabrication de ces draps est bien inférieure à celle de Ségovie, de Pesth et Cambridge ; aussi les gens de la cour, les chefs de l'Église et les riches bourgeois ne nous achètent-ils plus rien, et tirent-ils leurs étoffes de l'étranger, au moyen des marchands grecs et arméniens qui viennent aux foires du Landy et de Saint-Ovide : pour peu que cela dure encore, messeigneurs, les drapiers de Paris et des autres villes de France seront indubitablement réduits à la besace ! Cependant, monseigneur et messire, nous nous saignerons, et chacun de nous retirera, s'il le faut, une part de la dot de ses enfants, pour donner au roi et à notre mère, la sainte Église, un nouveau gage de son amour.

Maurice Sully et Michel Guillemin se retirèrent après avoir donné au respectable doyen de la draperie des preuves touchantes de leur sympathie et de leur intérêt.

Mais l'idée de n'avoir point obéi sur-le-champ aux désirs du roi, et de n'avoir pu se montrer, lui qui représentait la corporation tout entière, généreux et libéral, tourmentait l'esprit de Mathieu Coquelin. Il se retira, sa boutique fermée, et ses commis endormis, au sein de sa famille, se présentant, contre l'ordinaire, avec un front soucieux et chagrin.

La vieille Anne Mathevan, l'aïeule des trois jeunes filles juives qui s'étaient retirées depuis l'arrêt de proscription, dans la maison du drapier, et qu'il avait défendues jusque là par la seule protection de son nom et de sa vertu, s'aperçut la première de la mélancolie du bon marchand.

— Qu'avez-vous, maître Coquelin, dit-elle en branlant la tête et en fixant sur lui des regards arrêtés et pénétrants comme ceux du basilic, auriez-vous appris quelque fâcheuse nouvelle à votre étal aux draps, et le roi Philippe voudrait-il confisquer aussi les biens de la confrérie des drapiers?

Maître Coquelin, malgré son attachement à la religion catholique, avait pour Anne Mathevan une vénération sans pareille. Plus d'une fois les conseils et les bons avis de cette centenaire lui avaient été utiles, et la noble hospitalité qu'il lui avait accordée à elle et à ses petites filles, était largement compensée par les services et les soins de chaque jour dont la famille proscrite entourait celle de son protecteur.

Le drapier raconta naïvement la visite de l'évêque de Paris et du président des enquêtes, la demande qu'ils lui avaient faite, et la réponse qu'il avait donnée. — Oui, ajouta le doyen, si les choses vont du même train, avant trois années d'ici, les six corps des marchands

de Paris n'auront pour toute ressource que de
vendre des onguents et de l'orviétan sur le port
aux poissons et la grève du parlouer aux bourgeois. Nous sommes tous ruinés de fond en
comble, mère Anne Mathevan, et nos malheureux enfants seront obligés de reprendre
la bêche et le hoyau.

— Cela ne se fera pas ainsi! interrompit la
vieille juive; non! cela ne se fera pas ainsi.
Il ne sera pas dit que ces rusés Grecs et ces
fripons Arméniens viendront manger le pain
de France et vous faucher l'herbe sous le pied.
Je m'y opposerai de toutes mes forces; et je
puis vivre encore assez de temps pour empêcher un semblable malheur. Mais dites-moi,
maître Coquelin, vous n'avez point appris à
votre évêque et à votre juge le remède à apporter à un si grand mal? Je ne suis, moi, ni évêque ni juge; je ne suis qu'une pauvre vieille
femme, qui ai déjà la moitié du corps dans la

fosse; les secrets s'enfouissent dans mon cœur et les vers du sépulcre ne les trahiront pas : confiez-moi, maître Coquelin, ce remède; et peut-être, avec ma vieille expérience, parviendrai-je à trouver une bonne voie pour l'appliquer,

— Vous êtes une excellente et digne femme, répondit le drapier, et, sauf votre persistance à repousser les saintes croyances du christianisme, je ne connais pas au monde une âme plus éclairée que la vôtre, un esprit plus droit, un cœur plus sincère. Écoutez donc, je vais tout vous dire et tout vous expliquer... C'est le rêve de toute ma vie, tout l'orgueil de mon intelligence que je vais vous révéler.

Le drapier regarda autour de lui, et comme il ne vit dans la chambre que les calmes physionomies de sa femme, de ses trois fils et des trois juives, il continua :

— A Ségovie en Espagne, à Pesth en Hongrie, à Cambridge en Angleterre, il se trouve des fabriques de draps supérieures à celles qu'a voulu créer la France. Et cependant la laine que ces étrangers emploient n'est guère plus belle que nos laines du Poitou, du Berri et de l'Auvergne, mais en revanche les procédés de fabrication sont incontestablement préférables aux nôtres. Il s'agirait (et voilà dix années que je songe à réaliser ce vœu) d'envoyer à Ségovie, à Pesth, à Cambridge, des hommes intelligents, déjà bien au fait de notre fabrication, et qui se feraient initier, à force d'or et de promesses, aux secrets de ces trois grandes combinaisons. Au bout de moins d'une année, ces trois messagers élus reviendraient à Paris, et, riches de leurs découvertes, ils mêleraient ensemble les observations qu'ils auraient eu le temps de recueillir, et porteraient ainsi la fabrique française à un degré de splendeur que nulle ne pourrait dé-

sormais atteindre. Voilà, ma chère Anne, ce
grand rêve, ce suprême vœu de tout mon esprit et de tout mon cœur. Ne croyez-vous pas,
si je parvenais à réaliser une telle entreprise,
si je pouvais doter ma patrie d'une si magnifique industrie, que je pourrais me croire aussi
utile et aussi cher au pays qu'un connétable ou
un sénéchal de province?

— Et quelle somme donc, maître Coquelin,
fit Anne en fermant les yeux comme une personne qui se recueille, quelle somme vous fau-
drait-il pour mener à bonne fin cette patriotique entreprise?

— La dépense des trois envoyés, prise en
bloc, n'irait pas à moins de cent écus d'or, reprit Coquelin.

— C'est bien de l'argent, répartit la juive.
Mais ces trois hommes, où les prendrez-
vous?

— N'ai-je pas mes trois fils? répliqua, en

se redressant avec orgueil, le marchand ; ne seraient-ils pas heureux de s'associer à une œuvre qui doit contribuer à la splendeur de la patrie et au bonheur de leurs concitoyens?

— Mais il y aura des périls à courir, continua la vieille, des embûches à éviter, des vengeances peut-être à craindre !...

— Où serait la gloire de servir son pays, si le danger n'apportait ses chances dans l'entreprise, répondit Coquelin avec dignité ; n'est-il pas vrai, Mathieu, Pierre, Thomas, continua-t-il en regardant ses trois fils ; n'est-il pas vrai que si je vous confiais cette mission ; vous la rempliriez sans crainte et sans calcul?

— Mon père, répondit l'aîné, Dieu veuille que vous puissiez mettre notre courage à l'épreuve, vous verriez alors si nous sommes votre chair et votre sang !

— Vous êtes de braves enfants, dit la juive,

et vous méritez l'aide de Dieu et des hommes. Ça, ajouta-t-elle en tournant les yeux vers les trois jeunes filles qui filaient au pied de la couche de leur aïeule, approchez-vous, Sara, Rachel, Lia ; venez parler à votre vieille mère dans le langage de Jérusalem et de Chanaan.

Anne et les trois jeunes filles se prirent alors à causer entre elles dans le dialecte hébreu. A la vivacité des intonations, on voyait qu'il s'agissait d'une affaire importante, et que chacune d'elles était sommée d'exprimer son sentiment. Enfin la discussion cessa, et une vive rougeur colora le charmant visage des vierges juives.

Anne avait fait signe à Mathieu Coquelin et à ses trois fils d'approcher.

— Maître Coquelin, dit la vieille, c'est aujourd'hui le grand jour des rémunérations et de la reconnaissance, mais avant que je vous en disc davantage, prenez votre saye , et allez vous-même chez Hilaire Gierlan, juif converti, qui tient une hôtellerie contre la rivière , dans la rue aux Tripes : dites-lui ces seuls mots tirés du CXIII psaume de notre saint roi David : *in exitu Israël de Egypto , domus Jacob de populo barbaro,* et présentez lui cet anneau de cuivre. Il vous remettra aussitôt trois petites figures d'enfant en osier. Vous les prendrez , mais avec précaution, car elles sont lourdes; vous les cacherez sous votre saye, et vous rentrerez ici. Emmenez vos trois fils, car il se fait tard, et des larrons pourraient bien vous attaquer ; mais entrez seul dans la maison de Gierlan, qui reste ouverte une partie de la nuit pour l'usage des mariniers et autres trafiquants ès-eaux de notre rivière de Seine.

Il y avait dans l'injonction de la vieille quelque chose de si solennel, que maître Mathieu Coquelin ne jugea pas à propos de répondre.

Il obéit, et, suivi de ses fils, il alla à l'endroit qu'elle lui avait indiqué. Moins d'une heure après il était revenu, et plaçait sur le lit les trois lourdes figurines d'osier qui ressemblaient assez aux fétiches que les peuplades sauvages adorent*.

— Donnez-moi un de vos doubles ciseaux à tondre le drap, dit la juive, et étendez sur le lit quelques parements de serge noire.

Aussitôt, prenant tour à tour d'une main ferme les trois petites statuettes d'osier, elle leur coupa la tête avec ses ciseaux, et des milliers de pièces d'or de toutes grandeurs et de toutes formes, jaillirent sur la serge, au grand étonnement de la famille du bon drapier.

* Les juifs, pour cacher leurs trésors, avaient imaginé de les renfermer dans des mannequins d'osier qu'ils enterraient ensuite. Le peuple appela ces figures *marmouzets*. On en trouva en 1315 six enfouis dans une maison de la rue aux Tripes, qui, de ce jour, prit le nom de la rue des Marmouzets.

—Ces richesses, dit la vieille, appartiennent à Rachel, à Lia, à Sara. Elles sont le fruit des épargnes de trois générations, dont elles devaient suivre les descendants sur la terre étrangère. Mes filles veulent rester en France, elles y resteront, car je ne prétends pas leur imposer après moi un exil qui ferait le malheur de leur avenir. Maître Coquelin, prenez donc le trésor de celles que vous avez protégées si généreusement, et employez-le au triomphe du plus sacré des sentiments humains, l'amour de la patrie et de la famille. Si le succès couronne votre entreprise, vous partagerez avec mes enfants une fortune dignement gagnée ; si, malgré tous vos efforts, vous échouiez, eh bien, dites alors à vos fils de ne pas abandonner ces pauvres filles, et de partager avec elles le produit d'une modeste industrie ou de quelque labeur de chaque jour.

Maître Coquelin était plongé dans un paroxisme de félicité. — Nous réussirons, Anne, nous réussirons ! s'écria-t-il ; et c'est parce que j'en ai la conviction, que je reçois à titre de prêt la fortune de vos chastes filles ! Anne, je vous le jure ici, de ce jour je compte mes enfants au nombre de six ; tous auront part égale à mon héritage, et cet héritage sera plus digne et plus beau que celui d'un roi !

— Mathieu, reprit la juive, offrez à l'épargne-royale cent écus d'or pour l'expédition de la Terre-Sainte ; vous réglerez plus tard ce compte avec votre confrérie. Distribuez ensuite à vos trois fils les sommes nécessaires pour leur voyage, et mettez le reste en réserve pour monter à leur retour trois grandes fabriques. Il faut que cet or fructifie pour votre gloire et pour la dignité de la France.

Les choses furent ainsi réglées, et le nombre des pièces d'or contenues dans les trois marmouzets, et formant 50,000 livres tournois (somme énorme pour le temps), fut distribué selon qu'il avait été arrêté. Les trois fils du drapier partirent aussitôt pour l'Espagne, pour la Hongrie et pour l'Angleterre.

Au bout d'une année, jour pour jour, les trois jeunes gens revenaient au logis paternel ; mais quelle ne fut pas la joie de Coquelin, quand il vit chacun de ses enfants accompagné de trois ouvriers des plus intelligents, et qu'ils étaient parvenus à ramener avec eux ; la France dès ce jour cessa d'être tributaire des étrangers.

L'évêque Maurice de Sully et le président aux enquêtes Michel Guillemin, avaient pris un vif intérêt à l'entreprise ; ils en parlèrent au roi, qui fit appeler le doyen des drapiers, le combla de louanges, et finit en lui adressant ces nobles paroles :

« Le premier devoir d'un roi français est de protéger et rémunérer le mérite. Maître

Coquelin, je vous fais prévôt des marchands
de ma bonne ville de Paris, voulant que vous
ne cessiez pas toutefois vos fonctions de doyen
des drapiers. Quant à vos trois fils, je leur
donne les fiefs d'Elbœuf, de Louviers et de Se-
dan. Ce sont trois hameaux : vos fils en feront
des villes, et, en retour de l'octroy que je leur
fais, leur labeur et votre travail ajouteront
trois fleurons à la glorieuse couronne de
France! »

La prophétie de Philippe-Auguste se réalisa.
En peu d'années les trois hameaux devinrent
d'importantes villes, grâce aux grandes fabriques de drap qui y furent installées, et, encore
aujourd'hui, ces trois villes sont à la tête d'une
de nos principales industries.

A la mort de la centenaire Anne Mathevan,
les trois jeunes juives, instruites par les pieu-
ses et sages exhortations de Maurice de Sully,
aux mystères de la religion catholique, furent

baptisées le même jour dans l'église Notre-
Dame de Paris. Elles épousèrent les trois fils
de maître Mathieu Coquelin, et l'une d'elles,
Sarah, devenue veuve en 1196, contribua de
ses largesses à édifier les deux premières cha-
pelles latérales de la métropole. C'est du moins
ce qui résulte des pierres votives retrouvées
dans chacune d'elles, lors des fouilles qui y furent faites vers l'année 1747.

I

Les Épiciers.

— 1227. —

Aux fêtes de la Toussaint de l'année 1227,
la reine Blanche, tutrice du jeune Louis IX,
et régente du royaume, était venue passer quelques jours au château de Poissy. Le deuil du
veuvage commençait à s'éclaircir; les embarras d'une minorité royale diminuaient, et la

cour de France reprenait par degrés l'allure vive et joyeuse qui en faisait la cour la plus polie, la plus courtoise et la plus spirituelle de l'Europe. Philippe, comte de Boulogne, Hugues de Lusignan, comte de La Marche, Jeanne, comtesse de Flandres, les comtes de Laon et de Vierzon, le cardinal romain, légat du pape, et ce Thibaut IV, comte de Champagne, poëte aussi agréable que mauvais politique, chevalier aussi brave que malchanceux, brillaient au premier rang dans cette assemblée splendide. Blanche était l'âme de toutes les fêtes : elle semblait dominer dans les plaisirs comme dans les conseils, et sa physionomie, pleine d'intelligence et de feu, rayonnait au milieu des gracieuses figures et des esprits distingués de sa cour, comme une comète à la chevelure enflammée brille au milieu des astres du firmament.

Un jour que le jeune roi et sa mère avaient

fait préparer une collation avec musique dans une de ces îles délicieuses qui ornent la rivière de Seine en ralentissant son cours, le comte de Champagne se présenta au château de Poissy à la tête d'une troupe de gens que la reine crut reconnaître pour des comédiens et des jongleurs. — Or ça, dit-elle, messire comte, voulez-vous donc, en ces bonnes fêtes, nous faire tomber en péché mortel? Quoi! vous ne sauriez vous contenter de jubilations décentes? il vous faut, outre la musique et les beignets au miel, des danses et des spectacles profanes? Cela, en vérité, ne se peut endurer chrétiennement.

— Jugez-moi mieux, madame, dit le comte de Champagne en mettant un genou en terre devant la reine, et en lui offrant le bouquet de lys et d'anémones qu'il avait la faveur de lui présenter chaque matin, les gens qui sont là ne sont ni jongleurs ni baladins : c'est une

troupe choisie de gentilshommes qui veulent
bien, sur ma requéte, me prêter l'appui de
leurs talents divers, sur la cythare, le galou-
bet, la flûte et le hautbois. Ce soir, madame,
je chanterai, s'il vous duit, les Deux Sirventes,
la Sixtine et les Tensons que mon respectueux
amour pour une divinité favorable à tous, terrible pour moi seul, m'a inspirés.

Une vive rougeur se répandit sur le visage
de la reine. Bientôt maîtresse de cette émotion, vraie ou simulée, elle répondit à Thibault :

— A la bonne heure, comte. Des musiciens,
des troubadours, des trouvères, trouveront
toujours accès dans mes résidences royales ;
mais des bateleurs et histrions, voilà ceux que
je ne puis ni ne dois admettre. Les lois promulguées par Philippe-Auguste, l'aïeul de
mon fils, ne sont pas tombées en désuétude,
et qui doit donner l'exemple de l'obéissance

aux lois, sinon, avant tous, la mère du monarque et l'un des plus grands vassaux de la
couronne*.

* Les lois de Philippe-Auguste, relativement aux jongleurs et aux joculateurs furent pourtant en quelque sorte
abrogées sous le règne même de saint Louis. Nous en
trouvons la preuve dans un tarif qui fut *édicté* vers 1237,
pour régler les droits qui se payaient à l'entrée de Paris,
sous le Petit-Chatelet. Un des articles porte que les
marchands qui apporteraient un singe pour le vendre
paieraient quatre deniers; que si le singe appartenait à
un homme qui l'eût acheté pour son plaisir, il ne donne-
rait rien; que s'il était à un joueur (joculator), il en joue-
rait devant le péager, et que, par ce jeu, il serait quitte
du péage, tant du singe, que de tout ce qu'il aurait
acheté pour son usage. C'est de là que vient cet ancien
proverbe populaire *payer en monnaie de singe, en gam-
bades.* Un autre article porte qu'à l'égard des jongleurs,
ils seront aussi quittes de tout péage en faisant le récit
d'un couplet de chanson devant le péager.

Il y a une ancienne ordonnance de Guillaume de Ger-
mont, prévôt de Paris, du 14 septembre 1341, qui défend
à ceux ou à celles des jongleurs ou jongleresses, qui auraient été loués pour venir jouer dans une assemblée,
d'en envoyer d'autres en leur place, ou d'en amener avec
eux un plus grand nombre que celui dont on serait con-
venu. Les jongleurs avaient à Paris une rue spéciale, et
qui s'est depuis appelée rue des Ménétriers.

— Je ne veux ni désobéir aux réglements
du feu roi Philippe, ni enfreindre les ordres
du roi Louis, répartit le comte de Champagne,
et, pour le sceptre de l'univers, je ne voudrais jeter sur mon blason l'épave d'outre-
cuidance ou de félonie. Ah! je faux pourtant, Madame, je serais félon, impie, bar-
bare, irrévérencieux à l'égard du trône et de
l'Eglise, si une bouche dont j'adore les dé-
crets me l'ordonnait. Pour une parole de tendresse de cette bouche tant jolie je me ferais
tuer en champ-clos ou en plaine; pour un sourire de ces lèvres tant rosées, je me ferais
damner en enfer...

— Ne blasphémez pas, messire comte! interrompit Blanche qui venait de donner à sa
physionomie une expression de sévérité qui
rendait son aspect plus imposant; mettez une
bride à votre imagination de poète, et ne la
laissez courir ainsi par monts et par vaux. Al-

lez, messire, allez plutôt faire les honneurs de
mon buffet royal à la compagnie que vous
amenez, afin qu'elle puisse attendre plus pa-
tiemment l'heure de la réunion nocturne où
brilleront ses talents.

Thibaut se retira à petits pas, et il soulevait
lentement la portière de tapisserie qui séparait l'appartement de Blanche de la salle des
gardes de la porte, non sans jeter un regard
de tristesse sur sa souveraine qu'il tremblait
d'avoir offensée, lorsque Blanche lui tendit sa
main, armée en ce moment d'un chasse-mouche de plumes de héron. Le comte revint précipitamment sur ses pas, se jeta aux genoux
de la reine, et imprima respectueusement ses
lèvres sur la main de Blanche.

— Ceci, dit le comte en désignant le chasse-
mouches, fait-il partie de l'inestimable faveur
que vous venez de m'accorder? Est-il pour
moi, Madame, ce gracieux bijou? — Quoi !

ce chasse mouche, dit la reine? Eh! qu'en fe-
riez-vous? — Il vous a appartenu, répartit
Thibaut; c'est plus qu'un lingot d'or des pays
indiens; c'est un joyau qui vaut à lui seul ma
couronne de comte, mon épée de chevalier et
ma lyre de poète*!...

— Je ne savais pas, répondit Blanche, que
ce frivole objet eût tant de prix à vos yeux.
Prenez-le, comte, et conservez votre couronne
pour en faire hommage au trône, votre épée
pour servir la France, votre lyre pour célébrer la dame de vos pensées.

---

* On ne saurait nier la passion de Thibaut pour la reine
Blanche, et cette reine peut-être en profita avec plus de
politique que de coquetterie. Aussi la vie de Thibaut
fut-elle remplie d'amertume et de variations. Tantôt re-
belle, tantôt soumis, mais constamment hors des limites
du vrai, comme tout homme entre l'espérance et le dépit.
C'était un prince médiocre. « Quand il lui souvenait, dit
la chronique de Saint-Denis, qu'elle était si honnête
dame, et de si bonne renommée, et de si bonne vie, et
nette, et qu'il ne pourrait jà jouir, si menait sa douce
pensée amoureuse en grande tristesse. »

Et Blanche jeta, comme par un geste de malicieuse familiarité, le chasse-mouche sur le col baissé de Thibaut. Les plumes s'enlacèrent dans la chevelure du comte et dans les cordonnets de sa toque.

— Par saint Christophe, Madame, votre présent a choisi sa place, dit-il, il ne la quittera plus.

Et en effet, le même soir, Thibaut parut à la Cour avec une toque verte surmontée d'une touffe de plumes de héron. C'était le chasse mouches que le comte avait ainsi métamorphosé en ornement. Seulement, pour glorifier le don de la reine, il l'avait fixé dans le velours au moyen d'une étoile de diamants. Il est bon de remarquer que cette mode de porter des plumes sur les toques dura près de quatre cents ans, et qu'elle ne finit que sous les dernières années du règne de Henri IV.

Le soir vint, et le comte de Champagne arriva dans l'île aux Hirondelles à la tête de sa troupe de musiciens. On préluda aux délassements de l'esprit par les exercices du corps. On joua à la bague, au palet enchanté, au grappin d'or, à la maille sarrazine*. La ré-

---

* La bague se jouait comme on la joue à peu près encore aujourd'hui : des dauphins, des tritons ou des poissons monstrueux, façonnés grossièrement, tournaient par un mouvement de rotation imprimé par des hommes ; on passait rapidement sous un dragon de bois sculpté, qui tenait la bague suspendue dans sa gueule entre deux sonores clochettes, et il fallait enlever la bague sans produire le moindre tintement. Le palet enchanté consistait à jeter sur une colonne une pièce de métal dont la chute, sur un point donné, déterminait l'érection d'un étendard ou d'un pavillon. Le grappin d'or était, comme l'indique son nom, une espèce de crochet auquel était joint un long manche en bois très léger ; les joueurs se mettaient à courir, et ils tâchaient, avec le grappin, de retarder, ou même de paralyser tout à fait la course de leurs concurrents. La maille sarrazine, enfin, consistait à clore le carrefour d'un parc ou d'une forêt d'un énorme filet qui ne donnait issue que par un seul trou pratiqué exactement pour le passage d'un chevalier et de son coursier. La suprême adresse consistait à passer par cette maille rompue sans toucher et sans offenser les autres mailles.

gente et le jeune roi prirent une part active à
tous ces jeux. Louis, déjà doué d'une adresse
peu commune et d'une intrépidité généreuse,
réussissait surtout dans ces luttes diverses et
recueillait des applaudissements qu'on accor-
dait moins au futur roi qu'à l'adolescent intré-
pide et gracieux.

La collation fut servie sur une vaste pe-
louse : elle consistait en gâteaux de froment et
de seigle, en confitures sèches, en dattes, en
figues et en raisins, en beignets au miel et au
safran et principalement en laitage et en fro-
mages de toutes formes et de tous pays. Le
comte de Champagne avait voulu apporter
son tribut à ce festin champêtre, et quarante
cruches de vin d'Epernay*, flanquaient les

---

* Les annales de la Champagne font mention des premières cultures et des premières ventes de vin, vers
l'an 1230. Il est digne de remarque que cette industrieuse
province doive sa célébrité et sa richesse bacchuales à un
poète que le hasard avait fait naître grand seigneur.

nombreuses amphores qui contenaient le vin
de Suresne, l'hypocras et le cidre, nectar de
la vieille Neustrie ; long-temps préféré au
vin.

Le concert et les chants succédèrent aux divertissements et au banquet. La musique du
roi, qui se composait alors de trois souffleurs
de cornemuse, de deux joueurs de flûte et
d'un maure jouant de l'albaside (espèce de pavillon chinois), se mêla au musiciens du comte
Thibaut, en se plaçant sur une estrade qu'on
avait faite à la hâte avec des escabeaux. La
cour de Blanche prit place à l'entour, assise
sur des courtines de verdure ; la reine et le roi
au milieu, les dames ensuite, et les seigneurs
aux deux ailes. C'était un spectacle vraiment
merveilleux, de voir toutes ces charmantes
figures de femmes, parées de leurs voiles blancs
relevés d'or, se tenir immobiles sous les dômes
de feuillage que le vent d'automne agitait, et

prêter à la voix du poète, à la mélodie des instruments, une oreille attentive. On eût dit, à
voir ces femmes si suaves, si pures, si pensives
en leur recueillement d'admiration, assister à
une de ces assemblées de fées que la tradition
plaçait autrefois dans les paludes sauvages des
îles Orcades.

Huon de Villeneuve, le chef et le prince de
ces musiciens, tira d'abord des sons harmo-
nieux de sa harpe à neuf cordes, puis, à cette
espèce de solo vinrent se joindre de moment
en moment les soupirs de la flûte, les ronfle-
ments des hautbois, les cris de la trompette et
les syllabes sonores de l'albaside. Ce torrent
d'harmonie s'amoindrit enfin, et la harpe mo-
dula de gracieux accords. C'était le signal du
poète : la musique venait de joncher de fleurs
la route que devait parcourir la poésie ; les
âmes palpitaient encore sous l'influente puissance du langage céleste : Thibaut chanta.

Tout-à-coup, le son aigu d'un cor retentit dans les airs par trois fois. Thibaut suspendit ses chants, et toute la cour, à l'exemple de la reine et du jeune roi se leva.

Ce signal partait de la plus haute tour du château de Poissy, et ne se faisait pour l'ordinaire entendre que dans des occasions où la présence de la reine régente était absolument nécessaire.

— Qu'est ceci? dit Blanche en prenant la main de son fils. Le comte de Toulouse et ses albigeois nous auraient-ils dressé quelqu'embuche?

— Madame, dit le comte de Champagne, à l'oreille de la reine, les conseils d'un homme de guerre peuvent vous être plus utiles aujourd'hui que les avis d'un homme d'Eglise; dites un mot et mes vaillantes lances vont se lever sur les créneaux des murs de Poissy.

En prononçant ces paroles, Thibaut avait

jeté des regards ardents sur le cardinal romain, légat du pape, dont il était jaloux, et auquel il attribuait sur l'esprit de la reine un crédit défavorable au bien de l'État.

— Comte, répartit Blanche avec fierté, si j'ai besoin de soldats pour défendre et soutenir l'indépendance et la dignité de la couronne, je saurai bien les demander, à vous comme aux autres vassaux. Jusques-là, restez dans un repos qui convient, et gardez vos conseils, ainsi que vos lances.

Au milieu du silence que l'attitude imposante de la reine avait fait naître, on entendit le clapotement de rames dans les eaux du fleuve. C'était la nef royale qu'un officier du palais amenait vers la partie occidentale de l'île.

Le bruit cessa, et on vit paraître Jehan de Maubuisson, page et chambrier de Blanche.

— Sire et madame, dit le jeune officier en s'inclinant devant le groupe royal, Jean Alle-

grin, président du Parlement, et Pierre Miraille, grand garde du corps des épiciers, droguistes, sauciers et chandeliers, arrivent à l'instant de Paris, et supplient vos majestés de
vouloir bien incontinent les entendre. Il s'agit,
disent-ils, d'affaires de conséquence et qui ne
peuvent souffrir aucun délai.

— Sire, dit Blanche au jeune Louis qu'elle
tenait toujours par la main; les devoirs d'un
roi sont impérieux : il ne doit point hésiter un
instant à abandonner les plaisirs pour se livrer
aux affaires, et le sommeil du peuple n'est pas
toujours son partage. Venez mon fils, venez, et
que les députés de Paris voient que, en tous
lieux, à toute heure, vous êtes disposé à entendre leurs plaintes, à faire droit à leurs prières
et doléances. Quant à vous, dames et seigneurs,
ajouta la reine, continuez vos ébats, je vous
y convie. Messire cardinal, et vous, comte de
Champagne, accompagnez le roi.

Le cardinal et le comte obéirent et montè-
rent avec Louis et Blanche dans la noche. En
quelques coups de rame on toucha le bord, et
arrivée au second pont-levis du château, Blanche congédia le prélat et Thibaut. Elle s'avança
alors, avec le roi, précédée de ses pages et de
ses écuyers, vers la grande salle de réception
où le président au parlement et le bourgeois
de Paris attendaient avec anxiété leur venue.

Comme tous les magistrats de ce temps-là,
Jean Allegrin portait une robe de velours vio-
let. C'était un homme de soixante ans environ,
dont la physionomie franche et ouverte inspi-
rait la confiance. La régente faisait grand cas
de ses lumières et de sa doctrine, et plus d'une
fois dans les affaires épineuses, elle l'avait appelé à l'honneur de siéger dans le conseil de
régence.

Le compagnon du magistrat, Pierre Miraille, grand garde du respectable corps des

épiciers, droguistes, sauciers et chandeliers mérite une description particulière.

Pierre Miraille pouvait avoir de quarante à quarante-six ans : sa taille élevée, sa force prodigieuse, lui avaient fait donner dans son quartier le surnom de Goliath. Mais, chez lui, le déploiement des forces physiques n'avait point nui au développement de l'intelligence. Pierre Miraille joignait à l'esprit du commerce l'esprit des choses du monde. Il avait de la finesse, de la perspicacité, du tact, et à tout cela il joignait une qualité toujours favorablement accueillie du vulgaire, dans ces temps reculés comme de nos jours, celle de s'exprimer facilement, et en s'adressant droit à l'imagination par des tropes, des figures et des métaphores.

Pierre Miraille devait à ces heureux dons de la nature une immense popularité qu'il avait le mérite d'employer à faire le bien, à servir

le trône et à défendre la commune contre les
empiètements du sacerdoce, toujours envahis-
seur et insatiable de dignités, de crédit et de
richesses. Aussi Miraille était-il plus redouté
encore qu'estimé du haut clergé, et le sobriquet de Philistin n'était qu'une traduction im-
parfaite et cauteleuse, ajoutée à son surnom
populaire, par la haine que lui portaient les
évêques et les abbés mitrés. Miraille avait
combattu cette sourde animadversion par d'é-
clatants témoignages de dévoûment à la religion. Il avait fait bâtir de ses deniers les six
premiers piliers de la nef de Notre-Dame; il
avait fait venir à grands frais d'Italie des mar-
bres précieux pour construire trois autels dans
les églises de Sainte–Maime, de Saint-Pierre et
de Saint-Christophe, en la Cité. Il avait enfin
fondé six lits à l'Hôtel–Dieu pour les valets de
chanoines et les serfs de l'évêché. Le moyen de
persécuter un homme qui se couvrait de bien-

faits, et qui consacrait la dîme des bénéfices de son négoce à enrichir les églises et à augmenter le patrimoine des pauvres qui sont, selon l'Évangile, les membres de Jésus-Christ ?

Pierre Miraille était aussi splendidement vêtu que le pouvait être un bourgeois de Paris au XIII° siècle : sa tunique brune de bon drap de Louviers, était rehaussée par un chaperon en menu-vair et par des manches pendantes doublées de fourrure pareille ; sa chevelure grisonnante et médiocrement longue, était retenue par un feutre d'une forme ovale, décoré d'une image de saint Nicolas (patron des épiciers), en argent massif ; il portait des espèces de bottines en chamois grisâtre, et comme les nobles seuls avaient le droit de chausser les éperons, l'adroit Miraille avait tourné la difficulté en armant chacun des talons de sa chaussure d'une fleur de chardon en argent, qui, pour la vue comme pour l'usage, tenait la place de l'éperon des chevaliers. Du reste, pour marque distinctive de sa charge de grand-garde du corps des épiciers, il portait une chaine or et argent suspendue au cou, et tenait à la main une baguette d'ébène, sur la pomme de laquelle était incrustée l'image de saint Nicolas.

En apercevant la Régente et le jeune Roi, le président du Parlement mit un genou en terre; le bourgeois s'agenouilla tout-à-fait.

— Relevez-vous, bonnes gens, dit Blanche, en prenant place avec le Roi sur une chaire, en bois de cèdre, prenez séance sur ces escabeaux, et dites au Roi le sujet de votre brusque visite.

— Vous me permettrez, Sire et Madame, répondit le président Allégrin, de laisser à maître Pierre Miraille, un des notables habitants de Paris, le soin de vous instruire de l'événement qui nous amène en si grande hâte.

7

Outre qu'il est plus au courant que moi des affaires de la cité, je dois dire ici sans vergogne que son éloquence l'emporte de beaucoup sur la mienne.

— Parlez donc, bon homme, dit Blanche, en regardant l'épicier avec une surprise mêlée de plaisir; le Roi vous le permet.

Pierre Miraille ne se fit pas répéter l'ordre de la Régente : il parla sans timidité comme sans jactance; et, plus d'une fois, pendant son récit clair, naïf, animé, mais entremêlé de réflexions politiques d'une haute justesse, l'orateur put surprendre sur la figure de la Reine des indices non équivoques de satisfaction et d'applaudissement.

La juridiction ecclésiastique étendait, au XIII° siècle, son réseau dominateur sur toute la France. La capitale elle-même était soumise, comme tout le reste du royaume, à la puis-

sance cléricale, aux déchirements et aux luttes intestines que cet état de choses ne pouvait manquer de faire surgir. Cinq abbayes,
riches et puissantes, entouraient Paris et se livraient souvent, même dans son enceinte où
toutes avaient des propriétés considérables, à
des actes d'un despotisme d'autant plus criminel que la religion en était le prétexte. Ces
cinq grandes abbayes, qui échappaient par
leurs privilèges à la paternelle et douce autorité de l'évêque de Paris, étaient l'abbaye de
Sainte-Geneviève, l'abbaye de Saint-Victor,
l'abbaye de Saint–Martin, l'abbaye de Saint-
Denis et l'abbaye de Saint-Germain-des-Prés.
Jaloux des immunités et des privilèges arrachés à la couronne, par la fraude et la dupli-
cité, les orgueilleux abbés de ces forteresses
religieuses se mettaient au-dessus des lois, et
maintenaient *per fas et nefas*, quelquefois
même par la voie des armes, le scandaleux

pouvoir qu'ils devaient à la piété des rois et à l'ignorance des peuples.

On sait qu'au corps des épiciers était confié *l'estalon royal des poids*, et que les dignitaires de la corporation étaient tenus de visiter les poids et les balances dans les maisons, boutiques et magasins de tous les marchands et artisans de Paris qui vendaient leurs marchandises et denrées à la pesée. Cette coutume, qui avait force de loi, et qui remontait au règne de Charlemagne, avait été maintenue par Hugues Capet et ses successeurs. Les gardes de l'épicerie instrumentaient donc, non-seulement dans Paris, mais encore dans les bourgs et annexes qui dépendaient de la ville, tels que le bourg de l'abbé (de Saint-Martin), le bourg l'Auxerrois, le bourg de Saint-Germain, etc., et jusqu'alors nul débat ne s'était élevé à l'égard de ces mesures de bonne police. Les abbés cependant supportaient impatiemment

cette espèce de contrôle que les bourgeois de
Paris exerçaient sur leurs enclaves, et, parmi
eux, l'abbé de Saint-Germain-des-Prés avait
manifesté en plus d'une circonstance son désir de secouer un joug qu'il trouvait humi-
liant. La minorité de Louis IX, les embarras
d'une régence parurent à l'audacieux prélat
une conjoncture favorable pour arriver à ses
fins, et il en profita avec plus d'impétuosité
que de prudence.

Maître Pierre Miraille, assisté de six de ses
confrères et de deux huissiers à verge, posait
à peine le pied sur le territoire du bourg de
Saint-Germain-des-Prés, qu'il se vit entouré
d'une bande de soldats appartenant à l'abbaye,
et que le bailli du lieu lui signifia de ne point
passer outre, sous peine des excommunica-
tions de l'Église et des anathèmes décernés
aux sacrilèges ; ajoutant « que s'il marchait
nonobstant cet avertissement salutaire, lui,

bailli, serait obligé de le repousser avec la force des armes. » Mais Pierre Miraille n'était point homme à se laisser intimider : — Je viens ici, répondit-il, en vertu des lois et de l'usage, et nulle puissance humaine ne sera capable de m'empêcher de vaquer aux devoirs de ma charge. Et il passa outre.

Mais sur un signal du bailli, huit hommes d'armes de l'abbaye se mirent en position d'attaquer et croisèrent les trèfles de leurs pertuisanes sur la poitrine de Pierre Miraille et de ses confrères. Les huissiers à verge qui escortaient les épiciers, pressentant que les horions allaient pleuvoir, lâchèrent le pied.

— Mes compagnons, dit alors Pierre Miraille en se tournant vers ses confrères, allons-nous imiter ces gueux qui tournent le dos au péril, et emporterons-nous la honte de battre en retraite devant les estafiers d'une abbaye.

— Non, non, s'écria Médard Trinquerel,

saucier de Paris, arrange-toi seulement de manière, toi qui es fort comme trois Sarrazins,
à nous procurer les armes de ces truands ; tu
verras si , dans l'occasion , nous savons jouer
aussi de la pique.

Pierre Miraille n'attendait que l'assentiment
de ses amis pour agir. Cet assentiment obtenu,
il marcha droit aux soldats de l'abbaye, en
désarma deux avec autant de facilité que s'ils
eussent été des enfants , et donna leurs pi-
ques à ses amis qui, prenant alors l'offensive ,
mirent , en quelques instants, en déroute les
pâles et tremblants estafiers , qui prirent la
fuite, et ne se crurent en sûreté qu'après avoir
mis entre eux et les courageux citoyens les
remparts de l'abbaye, dont ils levèrent en hâte
les pont-levis.

Pierre Miraille et ses compagnons se livrèrent alors comme si de rien n'était à l'exercice
de leurs fonctions dans le bourg de Saint-Ger-

main. Mais le soir, en regagnant la ville, ils se virent attaqués par toutes les forces de l'abbaye, à peu de distance de la porte de Bussy. Malgré l'intrépidité, le calme, la valeur que Pierre Miraille et ses compagnons déployèrent, trois d'entre eux, et Médard Trinquerel était du nombre, tombèrent entre les mains des soldats de l'abbé, et disparurent comme par enchantement du champ de bataille.

Pierre Miraille effectua sa retraite et sauva ses trois autres compagnons : la porte de Bussy s'ouvre pour leur livrer passage au cri de Montjoye-Notre-Dame, cri de guerre des bourgeois de Paris, et, tandis que ses amis vont au milieu de leurs familles se reposer des fatigues d'une journée périlleuse, Pierre Miraille, toujours plein de courage et de résolution, court chez le président Jean Allégrin, lui raconte ce qui s'est passé et le décide à l'accompagner au château de Poissy, résidence du jeune Roi et de la Régente. L'intègre magistrat, qui voit dans la conduite de l'abbé de Saint-Germain-des-Prés un véritable attentat aux droits de la couronne et à la liberté de la ville, ne balance pas un seul instant à entreprendre le voyage. Deux mules sont aussitôt préparées, et les ambassadeurs de la Cité partent et arrivent au milieu de la nuit au château de Poissy où nous les retrouvons en ce moment.

— Je vous ai dit, Sire et Madame, toute la vérité, fit Pierre Miraille en terminant le discours où il avait retracé d'une façon toute franche et toute pittoresque les événements de la journée; décidez dans votre sagesse lequel de l'abbé de Saint-Germain ou de moi mérite une punition. Si, selon mes faibles lumières, le bon droit se trouve de mon côté, qui est le côté des lois et des justes prérogatives de la couronne, daignez, ô sire, et vous très noble reine et régente, accorder une éclatante réparation

aux griefs des bons et loyaux bourgeois de
Paris, et à l'atteinte portée à leurs franchises,
dans la personne de mes compagnons. J'aurais
pu, Sire et Madame, et les exemples ne m'auraient pas manqué, profiter de ma situation et
de l'attachement que me voue le populaire pour
tirer moi-même une éclatante vengeance de
l'outrécuidance insolente de M. l'abbé de Saint-
Germain. J'ai préféré agir en sujet humble et
fidèle, et venir tout d'abord déposer au pied
du trône l'expression de la douleur et de l'indignation des bourgeois de votre bonne ville
de Paris.

— Je n'ai que peu de mots à ajouter au discours que vous venez d'entendre, Sire et Madame, dit le président Allégrin, mais ce peu
de mots est nécessaire. Les abus d'autorité de
l'abbé de Saint-Germain sont notoires et demandent une prompte répression. Ce prélat a
osé tout récemment jeter dans les prisons de

son abbaye des serfs de l'évêque de Paris, sous de spécieux prétextes, et n'a pas voulu, malgré toutes les réclamations de l'évêque, rendre ces malheureux à la liberté; si bien qu'il y a tantôt six mois qu'ils pourrisent de misère et de froid sous les fétides arceaux de la citadelle abbatiale.

— Et pourquoi l'évêque de Paris n'est-il point venu se plaindre au Roi? dit Blanche, avec un accent d'aigreur.

— Parce que le bruit court, répliqua le président avec une noble franchise, que le cardinal-légat jouit d'un grand crédit ici, et que l'abbé de Saint-Germain ne laisse guère passer de jour sans envoyer au représentant du Saint-Père les gibiers, les fruits, les vins de ses domaines.

—... Et aussi, assure-t-on, une partie de l'or de ses coffres, ajouta l'épicier.

— Êtes-vous bien sûr de ce que vous dites-

là, messire président, dit Blanche en pâlissant
de colère et de surprise, songez que des alléga-
tions dénuées de preuves ne sont que de mépri-
sables calomnies.

— Demain, à l'heure de matines, répliqua
Allégrin, il partira de l'abbaye un convoi de
vivres, d'ornements d'église et d'or et d'argent
monnayés que l'abbé envoie au cardinal romain, qui doit le soir même jouir de l'insigne
honneur de recevoir votre majesté dans son
logis de la rue des Ursins.

Blanche fit un mouvement de surprise et de
mécontentement qu'elle maîtrisa aussitôt.

— A demain donc, messire, et, croyez-le
bien, bonne et éclatante justice sera rendue.
Je me transporterai moi-même devant le por-
tail de l'abbaye de Saint-Germain à l'heure de
matines. Trouvez-vous-y tous deux; vous, ajouta-t-elle en regardant le président, avec quatre
conseillers des enquêtes; vous, bourgeois, avec

une députation des six corps de ma bonne ville de Paris. Président, vous ordonnerez au prévôt de mettre un nombre de soldats du guet à votre disposition; bourgeois Miraille, vous vous ferez accompagner, jusqu'à la porte de Bussy, d'un gros de la milice bourgeoise *.

Les deux courageux citoyens se retirèrent et se mirent en route sur leurs mules; douze arbalétriers à cheval les escortèrent jusqu'à Nan-

---

* Les garçons épiciers, apothicaires, sauciers, droguistes et chandeliers, formaient, avec la bazoche, la partie militante de la jeunesse de Paris. Chez les premiers étaient la force et la puissance physique; chez les seconds, l'intelligence et l'audace. Il est bon de remarquer qu'en 1792, lors de la déclaration de *la patrie en danger*, et du départ pour l'armée de la garde nationale de Paris, on admira les bataillons des sections des Lombards, de l'Homme-Armé et de Sainte-Avoye. Ces bataillons étaient entièrement composés de garçons épiciers, droguistes, apothicaires, etc., et firent des merveilles à l'armée du nord. Ces trois bataillons fournirent dans la suite aux armées de la république et de l'empire, 34 généraux de brigade et de division; 94 adjudants-généraux, plus de 60 colonels et un grand nombre d'officiers distingués.

terre, car, en ce temps-là, la forêt qu'on nomme
aujourd'hui de Saint-Germain se prolongeait
jusqu'à ce village et était fort dangereuse, tant
à cause des bandits qu'elle renfermait que par
la grande quantité de bêtes féroces qui y descendaient de la forêt Noire et des autres forêts
de la Lorraine et des Vosges.

Blanche se retira dans son appartement, et
à peine y avait-elle pénétré qu'elle entendit la
voix du comte de Champagne, qui, n'ayant pu
résister à son inquiétude, modulait ses souf-
frances sous le balcon. Blanche entr'ouvrit la
fenêtre, et montrant à l'amoureux seigneur un
visage riant :

— Comte de Champagne, lui dit-elle, j'accepte vos lances : demain, avant l'aube, soyez
à leur tête dans cette cour; nous nous dirige-
rons vers Paris.

Le lendemain, à l'heure où les religieux de
Saint-Germain-des-Prés sortaient de matines,

le pavillon de la reine flottait sur une tente
splendide au milieu de la plaine où s'élevaient
les magnifiques constructions de l'abbaye.
Blanche, assise sur une chaise d'ivoire, ayant
à sa droite le comte de Champagne, le marquis
de Maule et le vidame de Chartres; à sa gauche,
le président Allégrin, quatre conseillers des
enquêtes, Pierre Miraille, la députation des six
corps et l'évêque de Paris, attendait, immobile
et majestueuse, le retour du sénéchal de Poissy
qu'elle avait envoyé près de l'abbé de Saint-
Germain pour lui intimer l'ordre de paraître
devant elle.

Les mesures ordonnées par Blanche avaient
été ponctuellement exécutées : autour du pavillon royal, on voyait sombres et épaisses
comme une roche de granit les lances de Thibault, comte de Champagne; sur la gauche
des prairies, auxquelles on n'avait pas encore
donné le nom de Pré-aux-Clercs, on remar-

quait le chevalier du guet, à la tête d'un fort
peloton d'hommes d'armes ; enfin, malgré l'é-
loignement et la poussière qu'un vent frais soulevait par nappes grisâtres, l'œil pouvait dis-
cerner les hallebardes et les pennons à lance
de la milice bourgeoise rangée à quelques pas
de la porte de Bussy. Le soleil donnait en
plein sur les cohortes bourgeoises, et leurs pi-
ques pressées chatoyaient capricieusement
comme des épis d'acier sous les rayons du
jour.

Après une longue et inquiète attente, le sénéchal de Poissy reparut.

— Madame, dit-il à la reine, non-seulement
l'abbé de Saint-Germain-des-Prés ne veut pas
obtempérer aux ordres de votre majesté et re-
fuse de se rendre auprès de vous, mais encore
il m'a chargé de vous dire, et je vous prie d'ex-
cuser les paroles qui vont sortir de ma bouche,
qu'il trouvait impie et mal séant de votre part

de venir, avec un attirail de guerre, planter les bannières de la couronne et de la cité sur les domaines de son abbaye. « La force, si on ose l'employer, a-t-il ajouté, sera repoussée par la force, et l'on verra la milice de l'Église se lever tout entière si l'on persiste à assiéger le monastère dont il est le chef, et où il tient en réserve l'épée de Saint-Pierre pour combattre, et les foudres de Rome pour excommunier. »

La Régente rougit de colère à ces paroles, et se tournant avec vivacité vers les députations du Parlement et de la bourgeoisie.

— Vous entendez, Messieurs, dit-elle, l'insolente réponse de l'abbé de Saint-Germain. Je reconnais, comme chrétienne, le pouvoir spirituel des gens d'Église ; mais comme reine et régente je ne puis faiblir devant l'autorité temporelle qu'ils cherchent à usurper sur la couronne. Çà, voyons si cet audacieux abbé osera bien lever l'étendard de la révolte : comte de Champagne, faites avancer vos troupes, Pierre Miraille, appelez à nous votre milice.

Ces ordres s'exécutèrent en quelques instants.

Au moment où les bourgeois armés faisaient leur jonction avec les troupes du roi, le pont-levis de l'abbaye se baissait et livrait passage à un convoi de voitures chargées de denrées de toute espèce, et seulement escortées de quelques moines. L'abbé semblait ainsi narguer la royauté, et défier les assiégeants de confisquer les biens de l'Église.

— Voilà les provisions destinées à la table du légat, s'écria vivement le président Allégrin.

— Qu'on se saisisse de ces voitures, dit la Régente; messire le chevalier du guet et ses gens d'armes m'en répondront. Allons au plus pressé, et sans attaquer l'abbaye, que l'on délivre les malheureux captifs de l'orgueilleux prêtre de Saint-Germaim.

La reine monta sur sa haquenée, le pavillon royal fut déplanté, et tout le monde marcha vers la prison abbatiale qui occupait l'extrémité nord de la plaine. C'était un triste et noir monument dont le pied croupissait dans un marais d'eau stagnante, et dont les murs lézardés étaient couverts d'un manteau de mousse, de pariétaires et de lichens.

A l'approche du gros de troupes de la reine, les soldats de l'abbé prirent la fuite.

— Qu'on enfonce cette porte, dit Blanche, et qu'on rende au soleil de Dieu les infortunés qui gémissent dans ce tombeau !

Personne ne bougea : telle était encore alors la crainte inspirée par les anathèmes ecclésiastiques que les plus hardis tremblaient à l'idée d'encourir une excommunication.

— Qu'on enfonce cette porte ! répéta Blanche.

Le même silence d'hésitation et d'effroi accueillit son ordre.

Avec cette présence d'esprit énergique dont
elle avait fait preuve déjà en plus d'une occasion importante, Blanche, s'élançant à bas de
sa haquenée, arracha une hache d'armes de
l'arçon du comte de Champagne, et d'un pas
assuré, alla de sa propre main frapper rude-
ment sur la porte du cachot.

Thibault, Pierre Miraille et ses confrères
imitèrent la reine, et bientôt, ralliés et rassu-
rés par cet exemple donné de si haut, les soldats se ruèrent sur la porte bardée de fer qui,
tombant avec fracas, livra passage à une foule
de malheureux de tout âge et de tout sexe,
hâves, décharnés, sans vêtements, presque
sans forme humaine, et qui, frappés subite-
ment de l'impression de l'air et du jour, tombèrent simultanément à genoux, accablés de
faiblesse et d'épuisement.

Pierre Miraille était déjà dans les bras de ses trois compagnons.

— Nous savions bien que Pierre ne nous laisserait pas mourir dans ces limbes effroyables s'écriaient ceux-ci les larmes aux yeux. Honneur à Pierre Miraille ! honneur à notre libérateur !

— Assez ! mes amis, interrompit l'épicier. Honneur à la reine Blanche! à la Régente, mère de notre Roi!..... rendez, mes compagnons, et vous tous pauvres captifs, rendez hommage à cette reine forte et magnanime , qui vient ainsi se jeter entre le peuple et ses oppresseurs.

Et tous ces pauvres prisonniers se jetèrent aux pieds de la Régente; celui-ci baisa le pan de son manteau, celui-là l'empreinte où étaient marqués ses pas, le plus heureux sa main qu'elle leur abandonnait avec effusion. Ce spectacle arrachait des larmes à tous les yeux, et, soldats et bourgeois, capitaines, magistrats, peuple et grands seigneurs, ne cherchaient point à maîtriser l'émotion qu'ils éprouvaient.

Blanche elle-même était vivement émue. Sa belle physionomie qui respirait naguère le dédain, la colère, l'indignation, était devenue douce et rayonnante. Des pleurs étaient suspendus à ses longs cils noirs, et elle s'abandonnait délicieusement au bonheur d'avoir vengé des opprimés par la seule force de sa volonté et de sa sagesse.

La grande-garde de l'épicerie, sur l'ordre de la reine, fit immédiatement distribuer les provisions confisquées aux prisonniers, et tous ces pauvres gens s'assirent en cercle pour recevoir cette manne qui leur venait miraculeusement. Les bourgeois, les soldats et la reine elle-même, prenaient plaisir à contempler ce festin improvisé, quand arriva tout essoufflé, sur un riche palefroi, le cardinal romain légat du pape.

— Que se passe-t-il, madame la reine? qu'avez-vous fait? dit le cardinal. Vous brisez les portes de l'abbaye; vous confisquez les dîmes de l'Église; vous venez la lance au poing camper sur les terres d'une autorité spirituelle! Où en sommes-nous, grand Dieu! Il faut s'amender, madame, il faut s'amender... Livrez à la vindicte ecclésiastique les fauteurs de ce désordre sacrilège, et proclamez le nom des conseillers de votre majesté dans cette affaire: sans cela...

— Sans cela? interrompit Blanche d'une voix hautaine, et en jetant des regards enflammés sur le cardinal romain.

L'Italien reprit d'un ton de voix plus doux :

— Sans cela, je serai obligé d'en écrire à sa sainteté.

— Écrivez donc aussi, répondit Blanche,

qu'il n'y a, qu'il ne peut y avoir qu'un roi en France, et que ce roi, ajouta-t-elle en haussant la voix, nomme Jean Allégrin, président actuel du Parlement, chancelier de France, et Pierre Miraille, grand-garde de la corporation des épiciers, prévôt des marchands de sa bonne ville de Paris. Écrivez cela à Rome, messire cardinal, et que justice se fasse en la terre comme au ciel.

III

Le Roi des Merciers.

— 1526 —

Aux termes d'un article de leurs statuts, dont l'origine remontait à plus de deux cents ans avant *les établissements de saint Louis*, le corps des merciers de Paris venait d'élire, le jeudi d'avant la fête de la Pentecôte, 1526, un chef général sous le nom consacré de *Roi des merciers*.

Cette royauté de la mercerie datait, s'il faut en croire les cartulaires vrais ou supposés de l'association, du dixième et même du neuvième siècle. Au nombre des ambassadeurs envoyés par Charlemagne à l'impératrice Irène, le monarque joignit le roi des merciers, apparemment pour dresser les bases du traité de commerce que ce grand politique avait l'intention de conclure avec la puissante souveraine de Constantinople. Quoiqu'il en soit du plus ou moins de foi qu'on puisse ajouter à ces annales bourgeoises, qui ne sont pas moins fécondes en miracles que les légendes du Bas-Empire, il reste prouvé que cette royauté a existé. Le roi des merciers avait des officiers, des lieutenants, des délégués dans toute la France, et on ne pouvait exercer la profession de mercier qu'en vertu de ses lettres de grâce. Le grand-chancelier de France lui donnait l'investiture de sa royauté, et le trésorier de

la Sainte-Chapelle, à la messe solennelle du jour
de la Pentecôte, où il officiait pontificalement,
bénissait son chaperon, son sceptre, qui était
un bâton recouvert de velours fleurdelisé, et
son manteau, tandis que les chantres et les
chanoines psalmodiaient l'*Exaudiat*. On voit
qu'il ne manquait rien à cette royauté; ni la
consécration des lois, ni la consécration de
l'Église, et on ne s'étonnera pas dès-lors de
l'immense autorité qu'obtenaient ceux qui en
étaient revêtus, quand le hasard faisait tomber
cette couronne sur le front de citoyens ardents, ambitieux, vindicatifs ou rebelles.

Donc, le 11 de juin 1526, Hugues Désormeaux, trésorier de la Sainte-Chapelle, terminait, avec quelques-uns de ses chanoines affidés, son repas du soir. Le prélat, assez semblable à celui que Boileau peignit si admirablement dans le Lutrin, plus de trois cents ans
après, s'était endormi d'un léger somme, te-

nant encore dans sa main le hanap d'argent ciselé où il s'abreuvait d'habitude d'un vin généreux. La table était couverte encore de plats de vermeil chargés de crêmes, de confitures et de fruits secs, et une douzaine de flacons à large panse, se dressaient comme des hallebardiers sur la tablette d'un buffet de cèdre laminé d'or, placé derrière la chaire du prélat. Quelques bouteilles de verre brut de vin de Champagne, présent du grand bouteiller de France, avaient seules obtenu le privilège de poser sur la nape blanche et damassée leurs bases vertes encore humides et pailletées du sable d'Aï et d'Epernay.

Les chanoines, par respect pour le sommeil du trésorier, avaient descendu de trois tons le diapazon de leurs voix de stentor. Ils parlaient avec chaleur des affaires de l'État (car la politique, dès-lors comme aujourd'hui, se fourrait partout). Charles-le-Bel avait envoyé,

deux années avant, Charles de Valois, son oncle, à la tête d'une puissante armée en Guyenne, et cette province était rentrée presque entièrement sous la domination française; mais
la reine d'Angleterre, Isabelle, venait d'arriver
en France avec Édouard, son fils aîné, et elle
se disposait à faire hommage à la couronne de
la Guyenne et du duché de Ponthieu. Un traité
de paix allait, selon toute apparence, interve-
nir entre Charles-le-Bel et Isabelle, et c'était
sur la convenance ou l'inopportunité de ce
traité que les chanoines raisonnaient.

— Je gage, dit le chanoine Conrad de Châtillon, que le roi Charles va rendre Guyenne
et Ponthieu. C'était bien la peine de déployer
l'oriflamme, et de faire répandre en vingt ba-
tailles le plus pur sang de la France, pour arriver à un pareil résultat.

— Ce n'est point son père de glorieuse mémoire, ajouta Rémi Frépillon, qui aurait com-

mis une telle faute. Si les circonstances lui avaient permis, à lui, de reprendre la Guyenne, il l'aurait reprise et l'aurait gardée.

— Et il aurait sagement agi, fit Jérôme de Kasemar ; mais, messire Frépillon, je n'approuve point ce titre de glorieuse que vous donnez généreusement à la mémoire du feu roi Philippe. Certes, ce n'était pas un Alexandre ou un César ; il a fait des fautes énormes, et la postérité pourra lui reprocher d'avoir aboli et sacrifié les chevaliers du Temple et altéré la valeur des monnaies.

— Vous parlez, messire de Kasemar, répliqua Frépillon, comme un Hongrois que vous êtes. L'abolition des templiers est un acte de justice et de haute politique tout à la fois ; et je vous en déduirai les raisons, moi qui ai fait partie des juges ecclésiastiques qui les ont condamnés, et si je ne craignais d'être entendu par monseigneur le trésorier, dont ce récit renouvellerait les douleurs.

— Il dort, Jérôme.

— Oui, il dort, répondit Frépillon, mais les vieillards comme les jeunes filles ont toujours pendant leur sommeil une oreille ouverte aux discours qu'on tient autour d'eux.

— A-t-il donc fait jadis partie de l'ordre du Temple? reprit le curieux étranger.

— Non, messire, non. Mais le dauphin d'Auvergne, répondit Frépillon en baissant la voix, ce dauphin d'Auvergne qui s'est si généreusement dévoué à l'opiniâtreté du grand maître Jacques Molay, ce dauphin, dis-je, était son neveu. Jugez si l'on peut parler sans imprudence des Templiers et de leur châtiment devant notre trésorier.

— A boire! dit le vieillard, dont un songe joyeux semblait animer le sommeil, à boire! répéta-t-il en levant péniblement de sa main blanche et potelée le pesant hanap qu'il avait devant lui.

— Je pense, dit le Hongrois finement, que monseigneur se rappelle plutôt en ce moment les grappes mousseuses de la Champagne que le martyre du dauphin d'Auvergne, le sire Guy.

— La chose n'est pas impossible, répondit Rémi Frépillon, mais nous ne devons pas scruter le fond des consciences, et les pensées qui viennent au cœur de l'homme pendant un festin ne sont pas celles qui l'assiégent dans des temps de méditation et de recueillement. Je reprends mon discours, messire Jérôme Kasemar, et je vous dis que les Templiers ont été bien et équitablement jugés devant les hommes. Quant à l'altération des monnaies, messire, elle n'était pas du fait de Philippe; des ministres infidèles et prévaricateurs étaient les vrais artisans, les véritables inventeurs de cette fraude criminelle : Philippe l'ignorait.

— Un roi doit tout savoir, interrompit Jérôme Kasemar d'un ton doctoral.

— Comment voulez-vous, répartit Rémi, qu'un roi ne soit pas trompé avec des milliers de serviteurs intéressés à l'aveugler, quand un chanoine, qui n'a qu'une chambrière, est presque toujours le dernier à s'apercevoir de ses déportements !

— Qu'entendez-vous par ces paroles, messire ?

— J'entends dire, messire Kasemar, que chaque jour, pendant Vespres, votre chambrière Marthe va dans l'Ile-aux-Treilles avec un sergent du guet, que tout le monde le sait, et que vous seul l'ignorez.

— Par les entrailles de saint Christophe ! vous en avez menti, messire, repartit Jérôme Kasemar, bouillant de vin et de colère.

Les deux champions s'étaient simultanément levés, et se mesuraient des yeux.

— Là, là !' messires, dit Conrad de Châtillon, calmez-vous l'un et l'autre, et ne donnez pas le scandale d'un combat singulier dans une enceinte réservée à la concorde, à la paix et à la charité évangélique. Que dirait monseigneur, s'il se réveillait, en apprenant le sujet de votre querelle et de vos blasphèmes !

— Messire de Châtillon a raison, dit Rémi Frépillon en se rasseyant, nous sommes gens à nous revoir, messire Kasemar. Remettons notre discussion à un autre temps, et soyez assuré que je ne suis homme à reculer devant rien.

Le Hongrois allait répliquer, quand l'aumônier du trésorier entra en toute hâte dans la salle, en s'écriant : *le roi!*

A ce mot, le roi, le visage de Jérôme Kasemar pâlit, puis tout à coup se couvrit d'un rouge de pourpre. La honte et la crainte se partageaient son âme ; il redoutait de se trou-

ver face à face avec celui qu'il venait d'outra-
ger si gratuitement dans ses insolents propos,
et la crainte du Hongrois était d'autant mieux
fondée, qu'il n'était pas rare de voir Charles-
le-Bel venir visiter, presque sans suite et in-
cognito, les grands dignitaires de son royaume, soit qu'ils appartinssent à l'ordre judiciaire et à l'épiscopat, soit qu'ils fissent partie de
la noblesse, de l'armée ou de la bourgeoisie.

— Est-ce le roi de France, maître Niquelet?
demanda Conrad de Châtillon à l'aumônier.

— Non, non, messire, repartit l'aumônier,
c'est Marc Brunillot, le riche bourgeois, qui
a été élu aujourd'hui roi des merciers. Il vient
sans doute s'entendre avec monseigneur pour
la cérémonie de dimanche prochain, saint jour
de la Pentecôte.

— Et le roi des merciers attendrait-il à la
porte? fit Rémi Frépillon.

— Oh! non, messire, j'ai vu de loin son

cortège qui entre dans la cour de la Sainte-Chapelle ; un cortège superbe, messire, des gardes tout habillés de velours bleu et d'or ; des pertuisanes et des hallebardes comme les gardes de la porte du roi; des pages, des écuyers et des varlets, ni plus ni moins qu'un duc de Bourgogne ou de Normandie. Sainte vierge, le beau coupd'œil !

— Réveillez monseigneur, dit Rémi Frépillon à l'aumônier, réveillez votre maître, brave Niquelet.

— Monseigneur ! monseigneur, dit l'aumônier en s'approchant humblement de la chaire de bois d'ébène où sommeillait le trésorier, ayez la bonté de vous réveiller, voilà le roi des merciers qui arrive.

Le vieillard ouvrit les yeux en souriant comme un enfant qu'une nourrice attentive appelle, et, portant ses regards étonnés sur les convives :

— Ai-je donc dormi, messires? dit-il avec bonhomie.

— Monseigneur, vous avez sommeillé quelques instants, le sablier n'a pas rejeté le quart de sa poussière, répondit Jérôme de Kasemar.

— Alors je vous ai faussé compagnie, messires, j'en suis fâché. Mais il faut avant tout rendre aux puissants de la terre les honneurs qui leur sont dus.

— Quoi! le roi des merciers!

— Est une puissance et une grande puissance, messire, ne vous y trompez pas; c'est la puissance incarnée du commerce, de l'industrie, du négoce. Un jour, cette puissance-là enterrera toutes les autres... l'Apocalypse l'annonce, messire Kasemar.

— Ce sera donc le règne du veau d'or?

— Niquelet, donnez-moi ma mitre, mon rochet, mon anneau pastoral, continua le vieillard; apportez-moi le Bréviaire des cérémonies... retirez surtout ces bouteilles de vin d'Epernay... mais laissez-moi mon hanap..... c'est l'épée d'un vieux connétable; c'est la crosse d'un vieil évêque. Bien.

Un grand bruit se fit entendre dans le logis, bientôt deux serfs du prélat, vêtus de sayes rouges et bleues, entrèrent dans la salle et annoncèrent le roi des merciers. Les chanoines se levèrent par respect, et, par discrétion, s'inclinèrent par trois fois devant le trésorier, qui les bénit, se retirèrent par la galerie de pierre qui correspondait du logis du prélat aux terrasses élégantes et aériennes de la Sainte-Chapelle.

Le roi des merciers entra.

C'était un petit homme de soixante ans à peu près, qui portait sur une figure fortement caractérisée, les traits distinctifs de son caractère. Il y avait dans l'ensemble de cette physionomie quelque chose du chat, du tigre et

du renard; ses yeux étaient vifs et ardents,
son front haut et sillonné de rides hâtives, ses
joues creuses et livides, et dans toute l'habitude de son corps il y avait quelque chose du
diplomate, du marin et de l'homme de guerre.
Marc Brunillot avait, en effet, conquis la brillante fortune qui avait déterminé son élection
à la royauté des merciers, dans des voyages
lointains et d'outre-mer, où il avait fait preuve,
suivant l'occasion, de la dextérité du politique,
de la science, de l'intrépidité du marin et de
la valeur du soldat.

Marc Brunillot avait poussé fort loin ses pé-
régrinations; il avait vu l'Allemagne tout entière, l'Espagne, l'Italie, l'Angleterre, la Tur-
quie, l'Asie-Mineure, une partie de l'Afrique,
et ses courses avaient été en quelque sorte bor-
nées par les limites qu'Hercule lui-même avait
imposées au monde. Malheureusement, tandis
qu'il bravait ainsi au loin l'inclémence des élé-

ments et des climats pour amasser des richesses et pour assouvir la soif d'honneurs qui le
dévorait (car le titre de roi des merciers avait
toujours été le vœu de son âme), la chronique
scandaleuse disait que sa femme, aussi célèbre
par sa beauté que Marc l'était par sa hardiesse,
s'était plus d'une fois consolée de l'absence de
son époux, dans les félicités illicites d'un amour
passager. La chronique disait encore que la
maison de Marc avait été souvent le théâtre de
scènes terribles de récriminations, mais que
l'ambition et le désir d'arriver au poste suprême qu'il convoitait, avaient mis un terme à ces déplorables querelles que la présence
de deux filles, belles comme leur mère, et nées
dès les premières années de leur union, devait
au surplus faire cesser.

Marc Brunillot était vêtu comme un riche
bourgeois de l'époque, c'est-à-dire d'une robe
de velours noir, sans autre ornement qu'une

chaîne d'or, à laquelle était suspendue une médaille de monsieur Saint-Louis.

— Monseigneur, dit-il au trésorier d'une voix dont il tâchait d'amortir les inflexions, je viens, suivant l'usage, vous annoncer mon avènement à la royauté de la mercerie. Les merciers, en leur qualité d'hôtes du Palais, ont été de tout temps sous votre juridiction spiri-tuelle ; nous nous en énorgueillissons, monsei-gneur, surtout quand la principale dignité du chapitre, fondée par notre saint patron, s'est reposée sur une tête aussi vénérable que la vôtre.

— Sire roi des merciers, répondit le prélat qu'un compliment ne manquait jamais d'é-mouvoir, je vous remercie de vos bonnes pen-sées ; mais dites-moi, quel nom prendrez-vous * ?

---

* Le roi des merciers prenait un nom de roi, israélite, païen ou chrétien. Il y en a qui se sont appelés David,

— J'ai choisi mon nom parmi les plus beaux et les plus éclatants, repartit le mercier.

— Quel encore? Est-ce Louis ou Charlemagne? Alexandre ou César?

— C'est un nom aussi beau que ceux que vous venez de citer tous ensemble. C'est le vôtre, monseigneur, c'est celui du chef de la troisième race de nos rois.

— Hugues, dit le vieillard.

— Précisément, monseigneur, et si j'en eusse connu un plus beau, je l'aurais pris.

— Vous êtes un flatteur; mais passons. Vous avez reçu l'investiture du chancelier?

— Demain, monseigneur, je la reçois.

— Et vous voulez recevoir la mienne?

— C'est à celle-là que je tiens le plus, mon-

Salomon, Josaphat. Il y a à la bibliothèque de l'arsenal un réglement du XIIIᵉ siècle, signé César, roi des merciers.

seigneur; selon l'usage encore, c'est dimanche prochain, jour de la Pentecôte, que vos prédécesseurs la donnaient.

— J'agirai comme mes prédécesseurs. Je vais convoquer le chapitre, et demain, sire roi des merciers, nous réglerons le cérémonial à observer.

— Ceci est l'affaire de mes chambellans et de vos chanoines, reprit Marc avec un sentiment indéfinissable de dédain. Mais dites-moi, les rois de mercerie sont dans l'usage immémorial de faire au Chapitre de la Sainte-Chapelle, le jour de leur intronisation, un présent de trois cents écus d'or, consacrés à l'achat d'un ornement, d'un ouvrage d'art ou de vases sacrés.

— Je le sais. Voudriez-vous diminuer ce don? fit le vieillard d'un air boudeur.

— Nullement, monseigneur. Je trouve au contraire ce don, pour une corporation aussi

riche que la nôtre, mesquin, petit, misérable :
je veux le quadrupler, si vous m'en octroyez la
faveur, et, au lieu de trois cents écus d'or, j'en
offre douze cents.

— Oh ! oh ! dit le prélat, vous êtes un digne homme, messire Marc.

— Je viens donc m'entendre avec vous,
monseigneur, pour savoir à quel objet sacré
appliquer cette somme.

— Donnez-la toujours, mon fils, répondit
le vieillard avec une simplicité naïve, moi et
le chapitre nous saurons bien la dépenser selon vos intentions. Mais, poursuivit-il en se
frappant le front, puisque vous êtes si loyal,
si généreux et surtout si bon catholique, il faut
que je vous confie le sort d'une créature qui a
besoin, après moi (et Dieu m'appellera sans
doute bientôt à lui), d'un père, d'un tuteur,
d'un conseiller et d'un ami.

— Parlez, monseigneur, parlez, je vous

écoute, dit le roi des merciers en passant sa langue sur ses lèvres, comme une fouine qui sort du colombier.

— Un mien parent qui a perdu la vie dans nos derniers troubles civils, dit le vieux prélat en soupirant avec amertume, a laissé à mes soins, à ma tendresse, à ma sollicitude un enfant qu'il aimait tendrement. Condamné par le sort à ignorer éternellement son origine, Ogier de Champdivers, c'est le nom de cet infortuné, a trouvé jusqu'à ce jour dans l'affection que je lui ai vouée une compensation suffisante au malheur de sa naissance; je l'ai fait élever avec soin; je lui ai fait donner une éducation forte et chrétienne. Mais, sire Marc, je sens chaque jour mes forces diminuer; Dieu d'un instant à l'autre peut me rappeler à lui... Je ne voudrais pas laisser mon ouvrage imparfait; je ne voudrais pas, en descendant au tombeau, emporter avec moi la douloureuse

idée que ce pauvre enfant perd à jamais son
protecteur et son appui. Sire Marc, je vous
lègue dès aujourd'hui le soin de me remplacer auprès de lui ; je vous transmets tous mes
pouvoirs, toute mon autorité sur Ogier ; ser-
vez-lui de guide, de protecteur et de père, et
initiez-le aux secrets du négoce. A votre école
il ne saurait manquer de devenir un homme
utile, et c'est là tout le vœu que forme mon
cœur. Je lui avais offert, ajouta le vieillard en
baissant la voix, d'entrer dans le cloître ou
dans l'église, et là, j'aurais pu, sans aucun
doute, lui faire obtenir des dignités richement
rétribuées ; mais Ogier s'est constamment re-
fusé à embrasser l'état ecclésiastique, en op-
posant à mes désirs son peu de vocation pour
le sacerdoce. J'ai respecté ses scrupules et
approuvé même son désintéressement. Maintenant, sire Marc, puis-je compter sur vous ?
le roi des merciers tendra-t-il une main secou-

rable à l'orphelin qu'a protégé vingt ans le trésorier de la Sainte-Chapelle?

— Monseigneur, répondit Marc d'une voix qu'il cherchait à rendre flatteuse, je suis heureux du choix que vous avez daigné faire de ma personne pour continuer une œuvre pie. Je tâcherai de me rendre digne de la confiance que vous voulez bien avoir en moi. Je me permettrai seulement une observation : j'ai deux filles d'une beauté rare; Clotilde et Brigitte n'ont encore que leur dix-septième année; n'y aurait-il pas danger...

— Ogier de Champdivers, interrompit le prélat, est incapable d'une mauvaise pensée et d'une criminelle action. N'aurez-vous pas d'ailleurs sur lui, sire Marc, l'autorité d'un maître et d'un père?

— J'aurai plus encore, repartit Brunillot en fronçant le sourcil, j'aurai l'autorité d'un roi : celle-là ne connaît que la justice ; celle-là n'a d'armes que le châtiment.

— Que vous n'aurez pas besoin d'employer ici, sire Marc. Puis élevant la voix : Oh ! là ! quelqu'un, exclama le trésorier.

L'aumônier parut à la porte de la chambre.

— Qu'on fasse venir Ogier, dit le vieillard. Et quelques minutes après Ogier de Champdivers s'avançait dans une attitude respectueuse.

C'était un grand et noble jeune homme de vingt ans au plus. Sa figure était celle que l'énergique et gracieux Daniel de Volterre a su reproduire avec tant de charme dans son admirable tableau de David vainqueur. Ogier avait une physionomie qui tenait à la fois de l'ange et de l'homme, du démon et de la syrène. Sa longue chevelure noire flottait comme une crinière sur ses blanches et larges épaules, son torse était riche et puissant, mais au milieu mê-

me de cette force il y avait tant de douceur dans
l'expression de sa figure, tant de noblesse et de
calme dans son port, tant de flamme et de lim-
pidité dans son regard, qu'on ne pouvait s'empêcher de l'admirer d'abord, et de se prendre,
par une pente irrésistible, à l'aimer.

— Le roi des merciers fut frappé de cette
beauté mâle et efféminée à la fois ; à l'aspect
d'Ogier, il tressaillit involontairement comme
le voyageur qui marche à l'improviste sur les
froides écailles de quelque serpent endormi.

— Ogier, dit le prélat, vos vœux sont exau-
cés. Ce respectable bourgeois que vous voyez,
vient d'être aujourd'hui même élu roi des merciers, et le premier acte de sa dignité nouvelle
est de vous agréger au corps si riche et si es-
timable dont il va être l'âme et le chef souverain. Ogier, de ce moment vous ne m'appar-
tenez plus ; je remets entre les mains de sire
Marc toute l'autorité que votre père à son lit

de mort m'avait confiée. Soyez donc désormais tout à la nouvelle profession que vous allez embrasser ; montrez-vous fidèle, obéissant, et digne enfin des bontés de celui qui veut bien vous diriger dans la carrière.

— Mon bel oncle, répondit le jeune homme d'une voix douce et sonore, vos prescriptions ne me coûteront pas à exécuter ; je vous promets de suivre, comme je crois l'avoir fait jusqu'à ce jour, les maximes dont vous avez si bien su me pénétrer. Bel oncle, donnez-moi votre bénédiction, et priez Dieu et sa sainte mère qu'ils accueillent du haut du ciel mes résolutions et l'engagement que je prends ici d'être toujours honnête homme et bon chrétien.

Ogier s'était, en disant ces mots, agenouillé devant le vieillard, et Hugues Désormeaux, avec une émotion qu'il ne cherchait pas à dissimuler, donnait sa bénédiction;

— Maintenant, mon ami, dit le trésorier, va en paix; suis ton nouveau guide, mais viens quelquefois visiter ton vieil ami.

Et comme pour mettre fin tout à coup à une scène que ses forces ne lui permettaient plus de supporter, il ajouta :

— Sire roi des merciers, à dimanche prochain votre intronisation. J'officierai en personne, entendez-vous? Les prières sont toujours bonnes, mais elles arrivent plus vite encore aux pieds de Dieu, quand c'est une bouche de quatre-vingts ans qui les prononce.

Il fit un signe, et le roi des merciers se retira, suivi d'Ogier de Champdivers. Le bon aumônier Niquelet entra aussitôt après leur départ dans la chambre du prélat, qu'il trouva les yeux pleins de larmes et les mains encore étendues vers la porte, comme pour dire un suprême adieu à l'enfant qu'il avait élevé e dont il se séparait avec tant d'amour.

Jamais une intronisation du roi des merciers ne s'était faite avec autant de pompe et de splendeur que celle de Marc Brunillot. Les piliers de la Sainte-Chapelle étaient tout entourés de tapisseries apportées à grands frais de la Flandre et du Hainault, plus de six cents cierges et bougies brûlaient dans le chœur et sur le maître-autel et à chaque cierge était fixé un agnelet d'or et un denier d'argent. Le corps des merciers tout entier, qui se montait à plus de quinze cents maîtres, sans compter les ouvriers et apprentis, était présent à la cérémonie, qu'un clergé nombreux, augmenté des diverses confréries avec leur bannières, et des députations des cinq autres corps de marchands rendait plus imposant encore. Des députations du Parlement, le chancelier en tête; de la Cour des comptes, et de l'Ordre des avocats, se pressaient dans la nef, au milieu de laquelle s'élevait, sous un dais de velours cramoisi, la

statue en argent massif de saint Louis, patron
des merciers.

Le vêtement royal de Marc Brunillot surpas-
sait en magnificence tout ce qu'on avait vu
jusque-là. Ce vêtement consistait en une longue robe de soie à frange d'or, rehaussée de
broderies or et argent ; un manteau de velours
bleu semé d'abeilles, à longues manches, était
jeté sur ses épaules, et des chaussures orien
tales surchargées d'escarboucles et de pierres
précieuses, rendaient ses pieds assez semblables à deux écrins ambulants. Marc Brunillot
portait au cou une triple chaîne d'or, et sur sa
toque, d'une forme cônique et couverte de
plumes de héron, se dressait une étoile de
diamants dont l'éclat éblouissait. Marc portait
à la main droite une baguette d'ébène laminée
d'or, et de l'autre main une espèce de proue
de navire, symbole du commerce d'outre-mer
et des dangers glorieux des navigations loin-

taines. Son trône était un escabeau recouvert de serge noire, rayée par des galons d'argent; et autour de ce trône étaient groupés, suivant leurs dignités, les principaux officiers du royaume de mercerie, tous habillés d'une manière analogue au vêtement royal.

Mais ce qui attira surtout l'attention des assistants, ce fut la présence de six pages couverts également d'habits somptueux et magnifiques. Les deux premiers pages portaient chacun une bannière; sur la première on voyait le roi des abeilles au milieu de son essaim, et cette devise : *Exemplo non imperio*. La seconde bannière représentait la fortune qui enchaînait un lion, avec cette devise:*Virtutem fortunapremit.*

Ogier de Champdivers portait cette seconde bannière, et il semblait le commentaire vivant de cette devise, tant sa noble figure, son attitude guerrière contrastaient avec le pacifique drapeau dont il maintenait la hampe.

En arrière de ces étendards du commerce se tenaient les gardes du roi des merciers, au nombre de plus de soixante, portant, sur leurs vêtements mi-partie rouges, mi-partie blancs, l'écusson de monsieur Saint-Louis et armés de pertuisanes et d'estramaçons.

La cérémonie s'accomplit avec une grave et majestueuse régularité : les terribles accents de l'orgue, l'harmonie toute sainte et toute céleste des voix humaines, qui jaillissaient du sanctuaire comme des flèches ardentes, portaient dans l'âme des auditeurs une tendre et divine émotion. Cette émotion augmenta quand on vit le prélat bénir tour à tour le roi des merciers et le drapeau porté par son cher Ogier, et entonner d'une voix chevrotante l'*Exaudiat*. Le dernier psaume chanté, la foule s'écoula lentement et en silence, et le roi des merciers, suivi de son nombreux et brillant cortège, se dirigea vers la salle de Saint-Louis, dans le palais même, où un banquet splendide avait été préparé par les ordres et aux frais du nouveau monarque *.

Autour de la grande table, couverte abondamment de viandes, de gibier, de poissons, de légumes et de fruits de toute espèce, vinrent s'asseoir pêle-mêle et presque sans ordre, le chancelier de France, les présidents du Parlement et de la Cour des comptes, le chevalier du guet et ses lieutenants, les doyens des cinq corps de marchands, les échevins et le prévôt des marchands, l'évêque de Paris, les curés des diverses paroisses de la Cité, le gouverneur du Louvre et une foule de gentils-

---

* Cette vaste salle, dite la salle de Monseigneur Saint-Louis, fut accordée définitivement par Charles VI, en 1403, pour remplacer leur salle des Quinze-Vingts, qui avait été transformée en infirmerie. En 1508, les merciers cédèrent la chambre de Saint-Louis au Palais. Le parlement, depuis ce temps, leur abandonna la grande salle du palais le jour de la fête de leur patron.

hommes et de personnages distingués de la cour, de la ville, de l'église et du barreau; trois cents convives prirent place à ce festin, dont rien aujourd'hui ne pourrait donner une idée complète.

Ces divers mets furent servis dans des plats d'argent massif, et chaque convive fut prié d'accepter « de par le roi des merciers, » une coupe d'argent ciselé de la valeur de 25 deniers d'argent, à peu près 90 francs de notre monnaie d'aujourd'hui, et somme considérable pour le temps. Ce ne fut pas tout, tandis qu'on se livrait à la liesse et à la bonne chère, dans l'intérieur du palais, le pauvre peuple avait aussi sa pitance assurée : d'énormes marmites, placées de distance en distance, sur le quai aux OEufs, étaient à la disposition des passants, et du pain, de l'hydromel et des comestibles de toute nature étaient distribués par le commissaire du roi des merciers dans toute l'étendue de la Cité, et dans le quartier même de l'Université où les pauvres écoliers « se réjouirent fort, disent les vieilles chroniques, de l'avénement de ce roi de paille. »

Le soir, il y eut sarabande et illuminations dans l'île aux Treilles, qui dépendait du Palais ; et les femmes des merciers, l'épouse de Marc Brunillot et ses filles à leur tête, firent les honneurs aux dames de la cour et des principaux bourgeois, d'une collation splendide servie avec profusion, sous les ombrages des saules et des peupliers séculaires. Un feu d'artifice tiré par deux Italiens, et qui coûta 18 deniers d'argent, ni plus ni moins, couronna dignement la journée. Tout Paris retentit de cette fête vraiment royale, on ne tarissait point en éloges sur les largesses, sur la générosité du nouveau roi des merciers. Mais le règne de Marc, qui commençait, comme celui de Néron, par des fêtes, des festins, des actes de clé-

mence (car il avait fait rendre la liberté à plus
de cinquante prisonniers, enfermés dans la prison du Châtelet pour dettes au fisc), devait
se terminer aussi par des violences, du sang et
des massacres.

Une année entière se passa calme et heureuse. Marc Brunillot, mettait tous ses soins
à faire fleurir la digne corporation qui l'avait
choisi pour chef et pour roi. Il fondait une
caisse de secours, il faisait construire près
le Monceau - Saint - Gervais, un palais pour
les rois des merciers, qui ne fut jamais achevé ;
il augmentait les boutiques de la Grange—aux-
Merciers, Faubourg-Saint-Antoine, et faisait
réparer à ses frais la galerie des merciers du
palais qui représentait alors ce que les galeries
du Palais-Royal sont aujourd'hui ; en un mot,
sa vigilance ne fut pas un seul moment en défaut, et, de la même main qui édifiait tant et
de si utiles monuments, il signait avec l'évê-

que de Paris, avec l'officialité, le Parlement et les gens du roi Charles-le-Bel, des traités savamment rédigés, qui donnaient une nouvelle vigueur aux immunités, privilèges et franchises de la corporation des merciers. Il était secondé avec succès, dans ces diverses améliorations, par Ogier de Champdivers, parvenu par son intelligence et son savoir, à se concilier la faveur et la confiance de Marc, qui pourtant usait quelquefois envers lui d'une sévérité excessive.

Mais tout à coup la rumeur publique apprend au roi Hugues (comme Marc se faisait surnommer) que sa maison est en proie au scandale et à la honte, que ses filles sont subornées, séduites, déshonorées, qu'elles sont sur le point de devenir mères. Le feu de la colère et de l'indignation couvre le front de Hugues; mais il se calme bientôt; il veut, avec cette profonde politique qui le caractérise, saisir tous les fils de cette double intrigue, et il laisse reposer en paix au fond de son cœur le sentiment de la vengeance.

Des espions, des affidés occupent mystérieusement toutes les issues de la maison du roi des merciers. Les moindres démarches de ceux qui l'habitent sont épiées et dévoilées au maître. Enfin, au bout de quelques jours, Marc ne doit plus conserver l'ombre d'un doute, la voix publique a été celle de la vérité, la calomnie n'a point soufflé les bruits infamants qui circulent par la ville ; ses deux filles sont réellement séduites, elles vont être mères, et le séducteur, le criminel artisan de l'infamie des deux nobles et belles créatures qui marchaient naguère à la tête des vierges de la Cité, est le protégé du trésorier de la Sainte-Chapelle ; l'homme dont il a fait malgré ses répugnances son secrétaire, son confident et le compagnon de ses travaux, c'est Ogier de Champdivers.

Chez un autre homme, l'ignominie d'un si cruel affront aurait allumé une fureur ardente, aurait déterminé des reproches, des cris et des grincements de dents : chez le roi Hugues, ce coup terrible et imprévu fut reçu avec un tout autre caractère. Il manda aussitôt les dignitaires, les doyens et les notables de sa corporation. Tous accoururent à sa voix. — Mes maîtres, leur dit-il, d'un air calme et assuré, un grand crime, un crime capital vient d'être commis par un des nôtres ; il faut que justice se fasse. Dans trois jours, trouvez-vous tous dans notre salle de délibérations de la Grange-aux-Merciers, au faubourg Saint-Antoine ; là, je déroulerai à vos yeux la série de forfaits qui crient vengeance, et nous aviserons aux moyens de livrer le criminel aux châtiments qu'il a mérités. Allez, que personne ne manque au

rendez-vous de l'honneur et de la justice, et
que chacun y paraisse avec les insignes de ses
dignités et de son pouvoir.

Il est bon ici de faire remarquer que, par
un article spécial de leurs privilèges, la corporation des merciers avait le droit de juger en
premier ressort ceux de ses membres qui pouvaient encourir des peines afflictives ou infa-
mantes. Il est vrai qu'à la prononciation seule
de l'arrêt qui condamnait ou qui absolvait se
bornait cette puissance judiciaire; mais presque toujours le Parlement, saisi de l'affaire
immédiatement après, confirmait la sentence
portée par les bourgeois.

Le roi des merciers se rendit en grand cortège à la salle des délibérations, accompagné
d'un nombre considérable d'estafiers et de gardes attachés à la corporation. Il était monté
sur un cheval noir, portait son sceptre d'ébène
à la main et paraissait entouré des principaux

officiers du corps, aussi à cheval et revêtus de
leur costume de cérémonie. Parmi eux, on remarquait Ogier de Champdivers, qui ne se
doutait nullement de l'issue de cette cavalcade.
De la grille du palais au pont au Change, la
foule encombrait les rues, et des cris de Noël!
Noël! vive le roi des merciers! se faisaient entendre, car Marc Brunillot était adoré du peuple, dont il avait dans plus d'une circonstance
soutenu et défendu les droits. Marc saluait à
droite et à gauche comme un vrai roi, et rien
n'indiquait sur son visage les déchirements de
son cœur et les angoisses de son âme.

On arriva enfin dans la salle en la Grange-aux-
Merciers; le roi monta sur son trône, et dans
une harangue abrupte, mais pittoresque et sai-
sissante de bon sens et de vérité, il parla des
devoirs que les hommes avaient à remplir
entre eux, de la sainteté des contrats et de
la gratitude qu'on devait avoir pour ceux

qui, suivant les saints préceptes de l'Évangile, partageaient leur pain, leur eau et leur abri avec leur semblable. Mes frères, dit en finissant le roi Hugues, celui que je viens dénoncer à votre justice a foulé aux pieds, non-seulement les maximes de Dieu, mais encore les lois des hommes.

Reçu dans une maison dont il était regardé comme l'enfant, il a déshonoré les deux sœurs, deux belles et vertueuses filles; il a payé ainsi l'hospitalité généreuse par l'inceste et l'opprobre! Ce n'est pas tout, comme si le démon de la luxure n'avait point fait assez pour lui, il a osé porter sa convoitise jusque sur la mère de ses victimes, sur la femme de son bienfaiteur... Mes frères, à vous de décider le châtiment que cet homme mérite.

— Où est l'accusateur? que l'accusateur se lève, dit le chancelier du royaume des merciers, et que le coupable soit amené à notre barre.

— L'accusateur, repartit le roi en se levant avec précipitation, c'est moi! l'accusé, le voici! Et Marc Brunillot, d'une main ferme et vigoureuse, jetait, du haut de l'estrade où il était placé, Ogier de Champdivers, qui tombait, pâle, tremblant et blême, au milieu de ce sénat de marchands.

Un cri d'horreur et de surprise parcourut l'assemblée, une émotion indéfinissable saisit ces hommes simples et loyaux, et cette émotion se répandit en plaintes et en gémissements.

Le chancelier fit faire silence, et aussitôt l'instruction de l'affaire commença. Vaincu par les remords, et peut-être aussi frappé de la soudaineté de l'accusation, Ogier ne chercha point à nier les charges accablantes qui s'élevaient contre lui. Le témoignage des serviteurs de Marc devint inutile.

Cependant, malgré le secret que le roi des merciers avait ordonné de garder, le bruit d'une accusation capitale intentée à un membre de la corporation par le roi des merciers lui-même ne tarda pas à se répandre. Le trésorier de la Sainte-Chapelle en fut instruit un des premiers, et, poussé par une espèce de pressentiment, il chemina, appuyé sur le bras de son fidèle Niquelet, jusqu'au logis de Marc Brunillot. Il n'y trouva que la reine, seule et éplorée; mais, avant d'avoir remarqué ses larmes, le vieillard avait déjà demandé son cher Ogier.

— Hélas! monseigneur, je ne sais ce qui se passe, dit la reine, mais le roi est parti ce matin avec une grande suite de gens, et Ogier avec eux... Ah! monseigneur, si vous saviez combien Ogier est coupable, si vous saviez de quelle monnaie il a payé notre hospitalité, nos soins, notre amour !

— Qu'a-t-il donc fait? s'écria le vieillard, dont un tremblement convulsif agitait tous les membres.

— Ce qu'il a fait, monseigneur !... Et ici la dolente reine apprit en rougissant, au prélat, les calamités domestiques dont le jeune homme avait été le criminel instrument.

— Plus de doute, s'écria Hugues Désormeaux en se frappant le front, plus de doute, c'est Ogier que l'assemblée des merciers va accuser devant le Parlement. O malheureux enfant, le sceau de réprobation qui a frappé ta naissance t'a perdu ! tu vas expier d'un seul coup le crime de ton père et les fautes de ta jeunesse, malheur !... malheur !...

— Que dites-vous, monseigneur?

— Apprenez qu'en ce moment les merciers délibèrent sur le châtiment à infliger à un des leurs; que ce coupable, d'après ce que vous venez de me dire, ne peut être que l'infortuné Ogier. Apprenez enfin qu'un procès terrible, scandaleux, va suivre cette délibération, et qu'une mort ignominieuse va frapper sous peu de jours le malheureux enfant.

— Notre-Dame!... Que dites-vous là, monseigneur?

— Il n'y a pas un instant à perdre; montez sur votre palefroi, allez trouver le roi des merciers; pénétrez à tout prix jusqu'à lui; priez-le, suppliez-le de ma part de suspendre, s'il en est temps encore, la délibération suprême. Offrez-lui mes trésors, mes biens, ma vie. Dites-lui qu'un pauvre vieillard l'implore à mains jointes pour le salut d'une ouaille que le repentir peut toucher, et qui fera une rude pénitence de ses péchés. Dites-lui, dites-lui encore que les rois, comme Dieu même, doivent être miséricordieux et pitoyables... Dame

Marguerite, hâtez-vous, je vous en conjure!

— J'obéis, monseigneur, dit la pauvre reine épouvantée de l'amère douleur du vieux prélat, mais est-ce tout ce qu'il faut lui dire?...

— Oh! s'écria Hugues Désormeaux, c'est aujourd'hui le jour de la justice des hommes et peut-être de celle de Dieu, et il faut tout dévoiler!... Dites-lui encore, dame Marguerite, que cet Ogier de Champdivers est d'un sang illustre, d'un sang cher à la France!... dites-lui qu'il est le fils!... le fils! ajouta le prélat en baissant la voix et en levant les yeux vers le ciel, de Guy, dauphin d'Auvergne, prieur de l'ordre des Templiers, mon cher neveu, mort à deux pas d'ici, victime de l'honneur de son ordre et de sa fidélité au grand maître Jacques Molay!...

— Guy, dauphin d'Auvergne, est le père d'Ogier de Champdivers! s'écria dame Marguerite en pâlissant.

— Hélas ! oui, repartit le vieillard.

Marguerite était haletante et ses membres s'agitaient convulsivement.

Ce nom venait de réveiller ses remords ; car, tandis que Marc Brunillot parcourait les mers lointaines, elle l'avait indignement trahi ; le dauphin était son complice, et elle savait qu'avant cette liaison le jeune et aventureux chevalier avait eu un fils dont une noble et belle dame de la cour était la mère. Le dauphin d'Auvergne lui avait souvent parlé de ce fils d'un premier et coupable amour, et l'avait suppliée de veiller sur lui, car sa mère était morte, morte de remords et de douleur. Marguerite avait tout oublié, où plutôt elle avait craint d'éveiller les soupçons de son mari, qui déjà n'ignorait pas les bruits qui circulaient sur la conduite de sa femme et sur l'outrage du dauphin d'Auvergne.

La terrible révélation de Hugues Désormeaux fut comme un coup de foudre ; mais, se remettant bientôt : « Oui, dit-elle au vieillard désolé, oui, je le sauverai... »

Et aussitôt, suivie d'un seul serviteur, elle se dirigea à grands pas vers la Grange-aux-Merciers.

Comme elle arrivait dans l'enceinte, où elle ne pénétra pas sans efforts, l'assemblée allait aux voix. Il y avait unanimité pour déférer le crime au Parlement : c'était demander un arrêt de mort.

Marguerite, pâle, échevelée, les yeux hagards, se jeta aux genoux du roi des merciers :

— Sire roi, dit-elle en accompagnant chaque parole d'un claquement de dents, je suis envoyée par monseigneur le trésorier de la Sainte-Chapelle, qui vous prie de suspendre le cours de votre justice. Ce jeune homme, dit-elle en jetant un regard douloureux sur Ogier de Champdivers, est, selon lui, le fils de Guy, dauphin d'Auvergne!

— Ogier est le fils du dauphin d'Auvergne! s'écria le roi... Il est le fils de Guy, dauphin d'Auvergne! répéta-t-il, et c'est toi qui demandes sa grâce, la grâce du suborneur de tes filles! Épouse impudique, veux-tu donc perpétuer l'adultère et l'inceste? N'es-tu pas satisfaite du crime que tu as commis et que tu as laissé commettre? Veux-tu en combler la mesure? Infâme! cet Ogier, il est ton fils, peut-être!... Cet Ogier est ton gendre! cet Ogier est ton amant!... Effroyable chaos!... Marguerite, tu viens de prononcer la sentence d'Ogier de Champdivers, et c'est ma main qui l'exécutera cette sentence...

Le roi des merciers s'était précipité sur Ogier, et d'un coup de sa dague il lui avait traversé le cœur.

Quant à toi, Marguerite, dit-il à sa femme, je te maudis, je t'exècre, je te damne !

La malheureuse n'entendit pas les anathèmes de son époux; elle s'était jetée sur le cadavre inanimé d'Ogier, et lorsqu'on la releva elle était folle.

— Quant à vous, mes amis, reprit le roi des merciers, livrez-moi, si vous le jugez à propos, à la justice du Parlement; mais si vous croyez que mon honneur outragé, que le bonheur perdu de ma vie entière méritaient ces sanglantes représailles, laissez-moi partir et chercher sous d'autres cieux le calme dont je n'ai pu jouir dans ma patrie.

On ne répondit rien; mais les rangs des merciers s'ouvrirent, et Marc Brunillot disparut en jetant son sceptre et sa couronne sur le cadavre d'Ogier.

Cette catastrophe épouvantable répandit la consternation dans la Cité. Les opinions se

partagèrent pour et contre le roi des merciers.
Le Parlement évoqua l'affaire, et ce procès
aurait eu infailliblement un grand retentisse-
ment, si la mort de Charles-le-Bel et l'avénement au trône de Philippe-de-Valois, qui arrivèrent quelques mois après, n'eussent apporté
une sérieuse diversion à cette lamentable tra-
gédie *.

Les deux filles du roi des merciers entrèrent
dans le couvent des Ursulines, auquel elles firent une donation des biens considérables
qu'elles avaient recueillis de leur père. Le trésorier de la Sainte-Chapelle ne survécut pas
long-temps à Ogier ; quant à Marc Brunillot,
il se retira en Italie, à la cour du duc de Ferrare, qui l'accueillit avec humanité, et dota sa

* On retrouve les traces de cette procédure dans l'*Extrait du compte des œuvres royaux*, de Vincent Gelée.

nouvelle patrie d'une industrie inconnue jusqu'alors au-delà des Alpes. Il éleva des fabriques d'étoffes de soie qui contribuèrent à la splendeur du duché.

Marc Brunillot mourut à Ferrare dans un âge avancé, et la mémoire du marchand de *Paris* y est encore en vénération.

IV

Les Pelletiers.

— 1481. —

Dans la salle basse d'une maison d'assez chétive apparence de la rue des Mathurins, au quartier de l'Université, deux hommes causaient avec feu autour d'une table chargée de quelques bouteilles et de gobelets richement ciselés aux armes de France. L'un de ces hommes, qui pouvait avoir cinquante ans, était revêtu de la simarre des conseillers au parle-

ment de Paris, et portait en tête le bonnet ga-
lonné d'argent, désigné alors sous le nom de
mortier. Cet homme était Guillaume de Longueil, président au parlement et un des jurisconsultes les plus éclairés, un des magistrats
les plus illustres d'une compagnie où le mérite,
la vertu et les lumières étaient cependant en
quelque sorte de vulgaires qualités.

Son interlocuteur paraissait plus jeune de
quelques années : c'était un petit homme gros
et trapu, d'une figure basse et commune, mais
que deux yeux pleins d'intelligence et de perspicacité désignaient à l'observateur comme
un fin compère. Il portait une espèce de souta-
nelle noire, bordée de galon d'argent; son
chef était recouvert d'un chapeau à bords re-
troussés, et sur sa poitrine descendaient les insignes de l'ordre de Saint-Michel, nouvelle-
ment créé. Ce petit homme avait la voix forte,
les sourcils épais, le nez épaté, l'air rogue et

austère ; il s'appelait André Coictier, et était médecin du roi de France , Louis onzième.

—Ainsi, messire Guillaume de Longueil, vous m'avez bien compris, dit Coictier en se penchant d'un air majestueux vers le président, le roi, ce sont ses propres paroles, veut que son Parlement de Paris use des pouvoirs que les rois ses prédécesseurs lui ont octroyés. Refusez donc hardiment l'enregistrement de l'acte d'abolition de la pragmatique-sanction, et ne vous inquiétez ni des foudres du pape ni des rumeurs du clergé. Le roi veut avant tout que les décisions de son Parlement soient reçues avec respect, et il se charge de les maintenir*.

---

* Au commencement de son règne, Louis XI fut assez faible pour sacrifier au saint-siège la pragmatique-sanction, cette base des libertés de l'église gallicane. Il ne tarda pas à s'en repentir, et fit si bien que cette abolition, consentie par lui, ne fut jamais enregistrée par le Parlement de Paris. Un auteur contemporain nous retrace ainsi la joie qui avait éclaté à Rome à la réception de la nouvelle de l'abolition : — Cette victoire, dit-il, remportée sur l'église

— Eh quoi! maître Coictier, ai-je bien en-

gallicane, jeta la Cour de Rome dans une espèce de délire. L'ambassade fut accueillie avec des honneurs extraordinaires : les cardinaux allèrent au-devant. Le légat reçut en chemin le chapeau de cardinal. Le pape ordonna que toutes les boutiques seraient fermées pendant trois jours; qu'il y aurait des processions dans toutes les églises, en actions de grâces, et, le soir, dans toutes les rues, des illuminations et des feux. La populace, voyant que son souverain attachait tant d'importance à cet événement, se mit de la partie, et mêla sa grosse joie à l'allégresse de la Cour. Elle fabriqua un mannequin qu'elle appela *pragmatique-sanction*, portant sur la poitrine l'original de ce pacte fameux, qui lui avait été remis pour en faire l'objet de sa dérision. L'effigie et l'acte original furent traînés sur la claie, couverts d'immondices, et ensuite percés à coups de couteau. Ils finirent par être brûlés au milieu d'atroces imprécations et de qualifications obscènes d'une populace enivrée. Ces extravagances maladroites achevèrent de révéler toute l'étendue du sacrifice fait à la Cour de Rome par l'abolition de la pragmatique.

Le Parlement de Paris, encouragé par l'opinion publique, fit une démarche dont il n'y avait pas eu d'exemple depuis son établissement à Paris. Ce fut de refuser l'enregistrement des lettres patentes, et de justifier ce refus par des remontrances sur la nécessité de maintenir la pragmatique-sanction de Charles VII, et le danger attaché à sa révocation. (Ordonnances du Louvre, t. 15, p. 195.)

De leur côté, les avocats, toujours disposés à se ranger

tendu? Quoi! le roi notre sire, qui a jadis livré au pape Pie II l'original même de la pragmatique, veut aujourd'hui aider son Parlement de Paris à la défendre et à la reconquérir! Voilà qui est merveilleux, maître, voilà qui

sous les étendards du Parlement, appuyèrent ces remontrances par des écrits vigoureux. Ils y portèrent d'autant plus d'énergie que, de tout temps, ils avaient considéré la pragmatique-sanction, promulguée sous Saint-Louis, et renouvelée en 1438 par Charles VII, dans l'assemblée de Bourges, comme leur ouvrage.

Pie II étant mort au bout de deux ans, Paul II, son successeur, qui se méfiait de la sincérité de Louis XI, n'était pas rassuré sur l'acte d'abolition de la pragmatique, tant qu'il ne le voyait pas enregistré au Parlement de Paris. Ce pontife mettait à cela tant d'intérêt, qu'il en fit l'objet d'une députation expresse auprès du roi. Le prince, ravi de l'occasion qui lui était fournie par le pape lui-même de revenir sur ses pas, adressa l'acte de révocation au Parlement pour y être enregistré; mais, sous main, et par d'adroites insinuations de ses principaux familiers, il fomenta les répugnances du Parlement, et parvint ainsi à ressaisir la validité de la pragmatique-sanction que le peuple regardait comme le palladium des libertés de l'église gallicane et le rempart vénérable où viendraient sans cesse se briser les envahissements, la tyrannie et les foudres de la Cour de Rome.

est merveilleux ! et si, vous n'étiez pas revêtu de la confiance de Sa Majesté, vrai Dieu, je ne sais si je pourrais vous croire.

— Croyez-moi, messire, et agissez en conséquence, répondit le médecin en versant une rasade au président ; en attendant, buvons !

— Mais le roi sait-il, reprit l'incrédule Guillaume en choquant son verre d'un air distrait contre celui de Coictier, le roi sait-il le résultat infaillible de cette lutte que nous concertons ?

— Qu'importe ? fit Coictier en buvant.

— D'abord, continua le président, il résultera le principe que les *édits, ordonnances, déclarations et lettres patentes* d'un roi de France ne l'engageront vis-à-vis les puissances étrangères qu'autant qu'ils seront vérifiés et enregistrés au Parlement de Paris ; ensuite, que le Parlement pourra, sans excéder son autorité, se refuser à l'enregistrement de tout acte royal qui lui semblera contraire aux lois fondamentales du royaume..... *.

— Le roi sait tout cela, répondit le médecin. Mais si le roi Louis XI, notre maître, a eu la volonté et le pouvoir de mettre les rois *hors de page*, selon son expression favorite, il ne s'ensuit pas qu'il prétende mettre la couronne au-dessus des lois. Retenez bien ceci, messire de Longueil, le roi a répandu sur la noblesse de terribles châtiments : l'échafaud du connétable de Saint-Pol et de Jacques d'Armagnac est encore debout, pour le prouver ; mais, voyez-vous, messire, le roi, en agissant ainsi, voulait imprimer aux grands de son

---

* C'est depuis cette époque mémorable, en effet, que le Parlement s'arrogea le droit d'adresser au monarque, sous le nom de *remontrances*, une censure des lois envoyées à l'enregistrement. Personne n'ignore combien les Parlements tirèrent avantage par la suite de cette victoire remportée sur l'autorité royale : Là fut, dans son germe, la révolution de 89.

royaume une salutaire épouvante ; il ne voulait plus que, sous le vernis du *bien public,* on fomentât des troubles, des révoltes et des guerres intestines, et que le pauvre peuple devînt doublement la dupe de ses tyrans, en donnant son or et en répandant son sang pour gagner des titres et des châteaux à ses véritables oppresseurs qui prétendaient aussi devenir les oppresseurs du souverain.

— Mais tant de magnanimité, tant de mansuétude, tant d'amour pour le peuple et de respect pour les droits de la nation, m'étonne et me confond, dit le président en baissant la voix. Croira-t-on jamais le fils dénaturé de Charles VII, doué de tant de sagesse et de vertus ?

— Écoutez, messire de Longueil, nous sommes de vieux amis, et ce ne serait pas avec vous que je voudrais cacher mes pensées. Louis, que je flatte peu, et que je sais même brusquer et heurter de front à propos, est un prince du premier ordre. Jetons les yeux autour de nous, dit notre ami commun, Philippe de Commines, et voyons s'il existe un potentat qui vaille mieux que notre maître. Est-ce cet empereur des Allemands, qui ne sait que boire et jurer, que vous lui comparez? Est-ce le roi d'Aragon, sardanapale encapuchonné? Est-ce le roi de Castille, brave, mais stupide? Est-ce le roi de Hongrie, qui tremble incessamment devant le roi de Bohême, qui à son tour a peur devant Mahomet II, empereur des Turcs? Auriez-vous comparé à notre Louis XI⁰ ce Charles-le-Téméraire qui a disparu comme un éclair à la bataille de Nancy, après avoir brillé comme un foudre, en détruisant et en saccageant? Non, non, Louis est un grand roi : il a les préjugés de son temps, les faiblesses de son époque (car il n'est initié aux sciences naturelles ni spéculatives), mais il possède ce coupd'œil et cette énergie qui caractérisent l'homme supérieur *.

Le président hocha la tête en signe d'incrédulité ou au moins de doute.

— Ne vient-il pas, poursuivit Coictier, d'inventer un système de transport qui doit donner des jambes de centaure à la pensée humaine, jusqu'à ce que le génie de nos successeurs puisse lui donner des ailes ** ? N'est-ce pas par son ordre exprès que le prieur de Sorbonne a fait venir à grands frais des imprimeurs de Mayence ***? Soyez-en persuadé, messire, Louis

* Voir les *Mémoires de Philippe de Commines.*

** Louis XI est l'inventeur des postes, et c'est lui-même qui dressa les premières instructions de cette vaste entreprise. Il existe à la bibliothèque royale un réglement concernant le service de ses courriers, et entièrement écrit de sa main. Avant la révolution, ce manuscrit précieux appartenait à la bibliothèque de Saint-Germain-des-Prés : il est relaté dans la description de Paris, de Germain-Brice.

*** Les ouvriers imprimeurs Geras Phlestadt, Abraham Gomelick et Ichan Sparker, vinrent de Mayence sur l'ordre du roi, et furent payés pendant trois années sur les fonds de son épargne.

connaît la portée des innovations qu'il accueille ; il en est fier, il en est heureux, et plus d'une fois, moi qui vous parle, j'ai été touché jusqu'aux larmes en l'entendant s'écrier avec orgueil : « Le peuple de France est le premier peuple du monde, et je voudrais pouvoir vivre mille années pour lui pouvoir préparer les voies que Dieu lui réserve *. » Est-ce là, messire, le langage d'un mauvais roi? La postérité jugera sans doute Louis XI plus par ses actes de sévérité que par ses bienfaits. Tant pis pour elle : mais il aura pour défenseurs ceux qui pensent et qui écrivent, et l'opinion de ceux-là finit toujours par prévaloir sur les absurdes antipathies des hommes qui ne jugent les souverains et les époques que des points de vue où la marche du temps, des événements et le progrès des lumières les a placés eux-mêmes.

— Vous parlez d'or, maître Coictier, dit le

* Voyez les *Mémoires de Philippe de Commines*.

président, et jamais je ne vous ai vu doué d'une si généreuse faconde.

— Ah! c'est que, voyez-vous, messire, l'injustice allume mon cerveau et fait bouillir mon sang. Certes, je dis au roi tout ce que j'ai sur le cœur, et je le traite quelquefois pis qu'un Maure ou un Sarrazin; mais, en arrière, je rends justice à ses grandes et nobles qualités, et je ne flétris ses fautes et ses aberrations de cruauté que lui présent.

— Bien, très bien, maître Coictier. Mais le temps fuit avec rapidité : votre clepsydre résonne la neuvième pause de la nuit; il faut se retirer.

— Déjà?

— Il est temps, vous dis-je; j'entends ma mule là-bas qui piaffe. Demain il faudra être avant neuf heures aux plaids.

— Allez donc, messire de Longueil, et que le ciel vous soit en aide. Mais embrassons-nous, mon vieil ami, je pars demain pour aller rejoindre le roi au château de Plessis-lès-Tours, et je n'aurai pas le loisir d'aller souper avec vous dans votre splendide hôtel de la rue Pierre-Sarrazin. Je me réserve cet heur pour le plus prochain de mes voyages.

— J'y compte, répondit le président, mais vous ne me dites rien de la santé de votre auguste malade?

— A d'autres qu'à vous, messire de Longueil, je dirais que le roi va de mieux en mieux; le fait est qu'il va, à l'encontre, de pis en pis, et que ses infirmités prennent le caractère le plus grave. C'est un homme qui n'a pas deux ans à vivre. Quoi qu'il en soit, il fait venir de je ne sais où un saint personnage nommé François de Paule, dans l'espoir que son intercession et ses prières le guériront. Je le souhaite, croyez-le, messire président, mais entre nous je n'y compte pas et je n'y crois pas.

— Je crains bien, interrompit de Longueil, que l'arrivée de ce médecin de l'âme ne fasse tort au médecin du corps.

— Ah! ah! je ne redoute point cela, repartit brusquement Coictier : je connais Louis XI; tout superstitieux qu'il soit, il aura encore plus de foi dans mes ordonnances que dans les reliques du pieux cénobite. Mais que tout ceci ne nous empêche pas de songer à nos devoirs : Président de Longueil, je dirai au roi qu'il peut compter sur vous.

— Non seulement sur moi, maître Coictier, mais sur son Parlement tout entier, toutes les fois qu'il s'agira de l'honneur du trône et des priviléges de la nation.

Cela dit, les deux amis se séparèrent, et Coictier allait s'enfermer dans sa chambre, pour se livrer, selon sa coutume, à l'étude des auteurs grecs et latins, lorsque sa vieille servante de confiance vint lui dire qu'un bourgeois de Paris implorait la faveur de lui être présenté.

— Au diable soit la visite! Fait-on des visites à cette heure indue? s'écria le médecin. Je croyais que les coupeurs de bourse avaient seuls le droit d'importuner les gens aussi tard. Et que me veut cet importun bourgeois, dame Gertrude?

— Il dit, répliqua la vieille chambrière, qu'il a à vous communiquer une affaire de la plus haute importance pour lui et pour vous.

— Et ne lui as-tu donc pas fait observer que je partais demain à la pointe du jour?

— Si fait, maître; mais il m'a reparti que c'était une raison de plus pour qu'il dût absolument vous voir ce soir. Et, à l'appui de cette assertion, il m'a mis dans la main les trois carolus d'argent que voici.

— Ah! vilaine, c'est pour cela que tu in-

sistes si fort. Allons, fais venir ton bourgeois,
et qu'il soit bref.

Gertude se retira, et, un moment après, un
homme sec et jaune, vêtu d'une pelisse de renard gris et d'un juste-au-corps de veau marin
tailladé à la Bohême, s'avança gravement dans
la salle.

Coictier le regarda quelques moments sans
sourciller, puis, voyant que le quidam ne des-
serrait pas les dents :

— Ah ça, si je n'y mets ordre, lui dit-il,
nous pouvons rester ainsi vis-à-vis l'un de
l'autre jusqu'au jugement dernier. Voyons,
bourgeois, que voulez-vous? qui vous amène
à cette heure dans mon logis? Êtes-vous malade? venez-vous me consulter sur l'hypocon-
drie, la catalepsie, l'insomnie?... C'est sur
l'insomnie? Parlez, parlez donc! faute de parler, on meurt sans confession.

— Messire docteur, répondit le bourgeois

avec un grand flegme et en saluant profondément Coictier, je suis l'un des principaux pelletiers de la ville de Paris, et j'ai l'honneur, en
ce moment, de tenir la charge de grand-maître
de leur confrérie.

— Mais votre profession n'est pas une maladie ! que diable me voulez-vous ?

Le pelletier, sans répondre directement à
l'incivilité de la question, continua ainsi :

— L'association des pelletiers vient de recevoir du Danemarck, de la Suède, de la Norwége et de la Moscovie, un grand nombre de
peaux de toute espèce et de toute qualité. Il y a
des peaux d'ours blancs et noirs, des peaux de
loups gris, de castors, de renard vert, d'élan,
de cerf et même d'hippopotame ; nous avons
aussi des peaux de loutres, de chevreaux,
de...

— Et où diable en veux-tu venir, pelletier
de malheur, avec tes peaux de renard vert et

d'hippopotame; que me fait à moi toute la peausserie du Danemarck, de la Norwége et de la Suède? interrompit brusquement Coictier.

— Messire, repartit avec un sang-froid imperturbable le pelletier, la pelleterie de Paris a fait sur les marchés ces divers achats pour plus de trente mille écus au coin royal. Si on ne lui prête pas assistance, c'en est fait d'une industrie et d'un commerce qui font honneur à la France. Aussi vrai que je m'appelle de mon nom Thomas Craquenel, la pelleterie, minée depuis long-temps, va disparaître pour toujours.

— Et dites-moi, maître Thomas Craquenel, comment moi, médecin du roi, homme d'étude et de méditation, je pourrais porter remède au malaise de votre commerce, à la décrépitude de votre industrie. Qui vous a dit cela maître?

— Moi-même, répondit sans hésiter le pelletier.

— Que la peste m'étouffe si je vous comprends, maître Craquenel. Voyons, expliquez-vous.

— Le roi Louis, Dieu nous le garde! reprit le marchand, ne voit que par vos yeux, n'agit que par vos ordonnances, messire. Qui vous empêche de mettre au nombre et au premier rang de vos prescriptions de bonnes et amples robes fourrées d'hermine et de menu-vair; de bons surcots de peaux de bouc, tannées à la mauresque. Le roi, forcé d'adopter, hiver comme été, cet accoutrement salubre, vous voyez d'ici ce qui arrive, messire; toute la cour se fourrera, tous les courtisans seront fourrés; nous vendrons nos peaux avec avantage, notre association se relèvera plus belle et plus florissante que jamais, et vous aurez acquis des titres imprescriptibles à la gratitude et à la reconnaissance d'honnêtes marchands qui vont être ruinés sans votre secours.

Coictier se gratta le front et fit une légère grimace.

— Maître Thomas Craquenel, dit-il après quelques moments de silence, rendre service au prochain est une fort bonne chose; s'acquérir, comme vous dites, des titres imprescriptibles à la gratitude des hommes, est chose également précieuse. Mais, voyez-vous, maître, tout cela est de la viande creuse, et un service exige, en pure philosophie usuelle, un autre service. Voyons, si je fais habiller le roi Louis onzième et toute sa cour avec vos peaux de dromadaires et de renard vert, que me donnera la corporation?

— Une bourse faite de peau de canard sauvage parfumée, contenant deux cents écus d'or, répondit le marchand en s'inclinant.

— Voilà qui est parler dignement. Je me

montrerai pourtant aussi généreux que vous :
je vous laisserai la bourse de peau de canard
parfumée, et je me contenterai des écus tout nus.
Topez là , maître Thomas Craquenel.

Le marchand avança timidement sa main
dans celle de Coictier, qui, la lui serrant avec
force dans les siennes , lui dit : — Dans huit
jours d'ici, toute la cour portera robe fourrée.

—Dieu vous entende, messire ! fit l'honnête
marchand en se signant.

— Êtes-vous homme à partir demain au
jour naissant avec moi ? continua Coictier;
dans trois jours nous serons rendus à Plessis-
lès-Tours.

Le marchand pâlit. Si vous répondez de ma
personne à ma femme et à mes enfants, dit-il
enfin, déterminé par un accès d'héroïsme.

— Corps pour corps , œil pour œil , répondit Coictier.

— En ce cas, je vais aller les prévenir, et

I.   13

je serai demain à la porte de votre logis, dès que poindront les premières lueurs de l'aube.

— Sans faute, fit le médecin, ou, ma foi, les peaux restent à votre charge.

Le pelletier se hâta de courir à son logis, pour faire part à ses collègues assemblés et à sa famille de l'heureuse issue de sa démarche. On trembla, malgré la joie que causait la nouvelle, quand on apprit qu'il allait franchir le seuil redoutable de Plessis-lès-Tours ; mais le nouveau Régulus abandonna sans faiblesse ses amis et son cher logis de la rue de la Pelleterie.

L'avarice de Coictier ne lui avait pas permis de fermer l'œil de la nuit, de même que l'inquiétude avait tenu le pelletier éveillé. Cette double disposition les rendit exacts l'un et l'autre, et le jour n'était pas encore levé, que les deux voyageurs chevauchaient sur la route de la Touraine.

Louis XI, assis devant une petite table qui
lui servait à la fois de prie-Dieu et de bureau,
était au milieu de ses familiers dans une des
chambres sombres et crénelées du château de
Plessis-lès-Tours. Les courtisans ordinaires du
roi dans ce séjour redouté étaient Tristan l'er-
mite, grand prévôt de l'hôtel ; Olivier le Daim,
barbier du roi, et Balthasar Mac-Simmer, capitaine des archers de la garde écossaise. Ce
jour-là, deux hommes également chers à Louis,
à différents titres, étaient venus augmenter sa
petite cour. Ces deux hommes étaient Philippe
de Commines, sénéchal de Poitiers, et le médecin Coictier. Chacun de ces divers personnages portait fortement empreint sur sa figure
le cachet de son caractère : Tristan avait quelque chose du tigre et du taureau ; Olivier tenait tout à la fois du serpent et du chat ; sur
les traits de Mac-Simmer on lisait le courage
brutal et la franchise ; l'intelligence et l'esprit

brillaient sur la belle et noble physionomie de
Philippe de Commines, tandis que celle de
Coictier n'était remarquable que par une âpre-
té rustique et une laideur repoussante. Le visage du monarque au milieu de ce conciliabule
était digne de remarque : ses traits, malgré
les atteintes de la maladie cruelle qui lui mi-
nait les entrailles, étaient calmes et reposés,
ses yeux doux et purs. Des rides profondes sil-
lonnaient son front, mais un sourire presque
continuel en dénaturait la taciturnité. Louis
faisait rouler entre ses doigts blancs et amai-
gris les grains d'un énorme chapelet chargé
de médailles de toutes grandeurs, et il n'inter-
rompait cet exercice machinal que pour prendre de temps en temps à son chapeau l'image
de Notre-Dame qu'il portait dévotement à ses
lèvres en marmotant quelques patenôtres.

— Ainsi vous dites donc, maître Coictier,
mon digne et cher Esculape, fit le roi, inter-

rompant ses prières, que notre Parlement est
tout à fait disposé à refuser l'enregistrement
de la pragmatique?

— Oui, sire, répondit Coictier, le Parlement
défendra les droits de votre majesté malgré
elle, ou plutôt d'accord avec elle, et il les défendra chaudement. C'est chose conclue, arrê-
tée d'avance, et j'oserai même avouer à votre
majesté que je n'ai pas eu grand'peine à enga-
ger les robes noires à la résistance.

— Oh! quant à cela, répondit le roi, je le
sais: le Parlement n'est jamais en retard quand
il s'agit de faire de l'opposition à la couronne.

— Jugez mieux votre Parlement, sire, dit
Commines: c'est moins l'ardeur de contredire
que le désir de veiller aux intérêts du trône et
à ceux du peuple qui rend le Parlement ferme
et militant.

— Je sais ce que je dis, je sais ce que je
dis, interrompit le roi en faisant le signe de la

croix. Le Parlement ira loin, si on le laisse empiéter sur la voie royale; mais de deux maux il fallait choisir le moindre. Il vaut encore mieux, à la rigueur, que l'intelligence gouverne que la force aveugle et brutale. Au surplus, Dieu est le maître, et je laisserai assez d'autorité à mes successeurs pour qu'ils puissent, dans l'occasion, tenir en bride les robes noires comme j'ai su maîtriser les baudriers brodés et les éperons d'or.

Puis, changeant tout à coup d'idée et passant des affaires générales à l'intérêt de sa propre conservation :

— Coictier, mon ami, dit-il d'un ton inquiet et affectueux, comment m'avez-vous trouvé en arrivant?

— Aussi bien, sire, que je pouvais l'espérer.

— Je ne me sens cependant pas dans un aussi bon état, depuis ton départ, qu'auparavant, mon bon Coictier ; tu es resté six grands jours absent ; six jours ! je ne veux plus que cela se renouvelle, entends-tu ?

— Si votre majesté ne donnait pas des commissions à faire à son médecin comme à ses pages, cela ne serait pas arrivé. Je n'ai certes pas été à Paris pour mon plaisir..... tant s'en faut !

— Je le sais bien, André, je le sais bien ; mais là, il ne faut pas rudoyer comme tu le fais ses pauvres malades. Est-ce que je te fais des reproches ? Dis-moi, Coictier, depuis avant-hier j'ai des frissons qui me parcourent tous les membres ; quel symptôme est cela, et que veut-il dire ? Voyons, explique-moi ce qu'il en est, mon ami.

— Cela provient d'une grande frigidité dans le sang ; je l'avais prévu dès long-temps, sire, et c'est pour y parer que j'ai amené de Paris avec moi un homme qui, dans l'état où vous êtes, vaut pour vous plus que son pesant d'or.

— Et quel est cet homme? dit Louis XI en souriant.

— C'est un gros marchand de la rue de la Pelleterie, à Paris, qui vient de recevoir des milliers de peaux d'agneaux, de renards, d'ours et d'autres animaux des pays du nord. Il vous faut faire faire, sire, deux ou trois bonnes robes de ces fourrures convenablement préparées : ce vêtement rappellera promptement la chaleur naturelle, et, partant, la vigueur et la santé.

— Mais ces robes-là coûteraient bien cher? dit le roi, combattu entre l'avarice et l'amour de sa propre conservation.

— Ah! vous avez raison, sire, j'oubliais que le roi de France est obligé d'économiser. Eh bien! prenez que je n'ai rien dit. Tremblez, grelottez, mourez de froid, si c'est votre fantaisie ! pour moi, je m'en lave désormais les mains.

— Là ! là ! là ! le voilà encore qui s'emporte. Coictier, Coictier, tu abuses de ma patience ; et mon compère Tristan me le disait bien l'autre jour, que tu étais le seul homme qu'il ne me fût pas permis de faire pendre... quoique tu l'aies mérité plus d'une fois.

— Ah ! le compère Tristan a dit cela ? fit Coictier en jetant sur le grand-prévôt un regard enflammé de colère et de désir de vengeance, c'est une observation excellente, et dont je me souviendrai à l'occasion.

— Paix, paix ; ne vas-tu pas garder une dent à mon bon compère pour la seule plaisanterie qu'il ait peut-être faite de sa vie ?

— Moi, point ! je souhaite au contraire de tout mon cœur qu'il mette à exécution son souhait charitable. Le compère Tristan me remplacera alors près de vous, et, par ma foi,

vous ne serez pas long-temps sans me rejoindre.

— Coictier, Coictier, pas de mauvaise humeur : voyons, fais plutôt venir ici ton pelletier, et qu'il me prenne mesure de la robe que
tu veux me faire faire... Allons, voyons ! Tiens,
maître, voilà un bénéfice de mille écus que
j'avais promis au prieur de Rochecorbon,
pour son neveu... Je te le donne, prends.....
Tu seras content, peut-être, et tu ne tiendras
plus rancune à ton roi, qui est si bon, et que
tu dois tant désirer de conserver ?

Le front du médecin se rasséréna subite-
ment, et, prenant le parchemin qui lui colla-
tionnait le bénéfice, et que lui présentait le
roi :

— Sire, dit-il, j'aurais mauvaise grâce à
persister jamais dans ma mauvaise humeur ;
mais, de grâce, obligez-moi à l'avenir de faire
pendre haut et court ceux qui vous parleraient

d'attenter à une vie que je vous consacre. En jouant ainsi avec mes jours, on joue avec ceux bien autrement précieux de votre majesté.

— *Bene sit, bene sit*, fit Louis ; mais, encore une fois, fais appeler au plus tôt ton pelletier.

— Qu'on l'aille quérir, sire : mon homme est facilement reconnaissable. Il est habillé tout en peau d'ours, et il assistait hier au souper de votre majesté ; nous sommes arrivés au château ensemble.

— Compère Tristan, dit le roi, vous avez vu cet homme, courez le chercher.

— Comment ? s'écria Tristan, mais si c'est l'homme habillé de peaux d'ours, il doit être déjà expédié.....

— Déjà expédié ! s'exclama à son tour Coictier, qu'entendez-vous par ces paroles, maître Tristan ?

— J'entends que le roi m'a dit hier, pen-

dant son souper, qu'un homme qu'il me dési-
gnait lui déplaisait, et que j'eusse à en faire
mon affaire. Cet homme était votre pelletier,
maître Coictier, et ma foi j'ai donné des ordres
pour qu'on le mît ce matin au fil de l'eau dans
un sac.

— Est-il possible ! fit le médecin que la colère avait rendu rouge comme un charbon ar-
dent ; comment, sire, vous avez ordonné ?...
— Mais Tristan s'est trompé, interrompit
le roi ; je ne désignais pas cet homme aux
peaux d'ours ; je lui indiquais un capucin dont
la piteuse mine m'indispose depuis quinze
jours.

— Ma foi, dit Tristan avec un imperturbable
sang-froid, il y a eu méprise, méprise complète ; j'ai pris le pelletier pour le capucin. Au
reste, peu importe, à ce qui me semble, l'un
ou l'autre, il y a au monde plus d'un pelletier

et plus d'un capucin, et pour un de perdu on en retrouvera mille.

— Mais vous êtes un scélérat, un misérable, maître Tristan! s'écria Coictier dont la fureur n'avait plus de bornes; sans le respect que je dois au roi, je vous apprendrais à prendre des pelletiers pour des capucins; puis, faisant un retour sur sa position, et poussant un soupir de regret en songeant aux deux cents écus d'or qui lui échappaient : « Malheureux Thomas Craquenel, dit-il d'une voix troublée, moi qui ai répondu de vous corps pour corps, quelle consolation donnerai-je à votre famille éplorée?

En ce moment, la cloche de la chapelle de Plessis-lès-Tours sonna l'Angélus. Cette prière, que Louis XI avait instituée à l'instar de l'Italie, était tintée généralement dans toutes les églises de France. Louis imposa silence par un geste, se mit à genoux, récita trois *Ave,*

et se releva aussi tranquillement que si la veille
il n'avait pas ordonné un meurtre.

— Allons, allons, qu'on se mette en quête.
Compère Tristan, maître Olivier, et vous aussi
Mac-Simmer, courez après le pelletier. Vous,
sénéchal, et toi, Coictier, restez avec moi;
vous causerez tout bas tous les deux, tandis
que je dirai, vaille que vaille, les prières des
agonisants pour ce pauvre marchand de peaux
fourrées.

Heureusement pour les deux cents écus d'or
de maître Coictier, l'exécution n'avait pas encore eu lieu. Mais l'infortuné bourgeois l'avait
échappé belle : au moment où Mac-Simmer
accourait pour contremander son supplice, il
était déjà dans le sac, et un bateau allait se
mettre en dérive pour le transporter au milieu
du fleuve.

Lorsque Thomas Craquenel parut devant
le roi, il était plus mort que vif; ses jambes

flageolaient en tous sens, et ses paroles semblaient ne sortir de son gosier qu'avec effort.

— Rassurez-vous, bonhomme, dit le roi,
vous êtes ici en sûreté.

— Eh! eh! sire, fit le bourgeois en claquant
les dents, je ne m'en serais jamais douté. Puis,
ôtant par un mouvement convulsif le bonnet
que dans son trouble et son effroi il avait gardé
sur sa tête, il découvrit sa chevelure, qui, de
noire qu'elle était, était devenue blanche par
la révolution terrible qu'il avait éprouvée.

A cette vue, Louis ne put s'empêcher de
frémir.

— Eh! bonhomme, à quoi donc avez-vous
pensé, dit-il, quand vous avez été si près de la
mort?

— A ma femme et à mes pauvres enfants,
puis à Dieu ensuite, dont je lui demande bien
humblement pardon, répondit le pelletier
d'un accent naïf.

— Allons, Thomas Craquenel, dit Coictier,
il y a remède à tout, excepté à la mort, et,
grâce au ciel, vous voilà vivant. Prenez mesure
au roi et à toute sa cour ici présente : nous allons tous porter des robes de fourrures, et
vous serez notre fournisseur, car il faut bien
que le péril que vous avez couru ait sa récompense.

— Oui, certes, dit le roi, et je prétends dé-
dommager ce brave pelletier aussi royalement
que possible. En retour des quatre robes de
saisons qu'il me confectionnera, je veux lui
accorder une grâce. Parlez hardiment, Thomas Craquenel, que voulez-vous ?

— Sire, répondit le marchand à qui l'assu-
rance revenait par degrés, notre corporation
avait l'honneur d'être la première dans des
temps éloignés... On ne peut pas revenir là-
dessus... mais enfin je puis vous demander un

privilège qui ne nuira en rien aux autres corps
des marchands*.

— Faites, dit le roi, qu'est-ce? de quoi s'a·
git-il?

— Ce serait , sire, d'accorder aux pelletiers

---

* Les marchands pelletiers de Paris occupaient presque
exclusivement l'étendue du terrain longeant , en la Cité
en l'île , le cours de la rivière depuis le pont de bois qui
unissait le palais au Châtelet jusqu'au terrain des bateleurs , dont une partie fut donnée à titre rémunératoire à
Jouvenel , qui en tira son nom *des Ursins*, parce que de
temps immémorial les montreurs d'ours y avaient construit leurs baraques.

Plus tard , vers 1390 , à la suite de difficultés intérieures,
il y eut scission dans le corps des pelletiers , dont une
partie alla se fixer de l'autre côté de la rivière , au lieu
maintenant nommé quai Pelletier , et sur l'emplacement
de la rue des Fourreurs et de la rue aux Ours. La *hanse,*
ou maison commune des pelletiers , demeura toujours
cependant à l'ancienne rue de la Pelleterie , qui a conservé
son nom , et qui longe le quai aux Fleurs. Les terrains
alors étaient plus bas, ainsi que l'atteste la disparition des
marches par lesquelles on gravissait le péristyle de Notre-
Dame, aujourd'hui de plein pied , et la Grève couvrait
toute la partie du sol sur laquelle on a construit le quai
aux Fleurs , le quai Napoléon (terrain des Ursins , ou
Petits-Ours) et le quai de l'Horloge.

l'honneur d'habiller les rois de France le jour
de leur sacre, et les dauphins le jour où ils ac-
compliraient leur septième année.

— Est-ce tout?

— Oui, sire.

— Et vous ne demandez rien pour vous,
pour votre famille? reprit le roi.

— Sire, les intérêts du corps qui m'a élu
son grand-garde avant tout, repartit le probe
et loyal marchand.

— Eh bien, moi, je veux vous donner par-
ticulièrement un témoignage de mon intérêt et
de ma sollicitude. Combien avez-vous d'enfants, Thomas Craquenel?

— Cinq, sire, deux filles et trois garçons.

— Je donne à votre fille aînée une dot de
cent écus d'or; je place la cadette à l'abbaye de
Chelles; je fais entrer votre fils aîné dans mes
braves archers écossais, le second en Sorbonne
et le troisième dans mon Parlement... quand

il aura l'âge et qu'il se présentera une vacance. Quant à vous, Thomas Craquenel, je vous nommerai échevin de ma bonne ville de Paris, avant que l'année soit écoulée.

Le marchand se jeta aux genoux du roi pour le remercier, et, en effet, jamais péril n'avait tant rapporté à celui qui en était échappé.

— Maître Thomas Craquenel, dit Coictier en reconduisant le pelletier jusque dans la première cour du Plessis, vous voyez que vos deux cents écus ont promptement porté intérêt.

— Oui-dà, messire, repartit le marchand, je vais retourner à ma modeste demeure de la rue de la Pelleterie, rapportant d'ici de fortes commandes, des dignités pour mes fils, des dots pour mes filles, des honneurs pour moi; mais, croyez-moi bien, s'il fallait, pour acquérir tout cela, recommencer ma vie de vingt-quatre heures, du diable si j'en oserais courir la chance.

Les promesses du roi se réalisèrent : les deux filles et les fils aînés du pelletier firent souches de bonnes et honorables maisons ; le troisième garçon, Jérôme Craquenel, entra en qualité de conseiller-clerc au Parlement de Paris. C'est à ce magistrat illustre que l'on dut plus tard la fameuse ordonnance de Charles VIII, datée du 11 juillet 1493, sur *le devoir* et *le pouvoir* du Parlement. Cette ordonnance, qui se compose de cent neuf articles, est un monument vraiment remarquable. Une grande partie est consacrée aux devoirs des magistrats pour les causes d'audience et pour l'instruction des procès par écrit. Voici quelques-unes de ses dispositions :

« *Injonction* d'entrer de bon matin au palais et de s'y trouver toujours en nombre suffisant pour l'audience.

« De garder le silence pendant la plaidoirie des avocats, sans parler entre magistrats ni s'occuper d'aucune lecture étrangère à la cause.

« De s'abstenir scrupuleusement de révéler le secret des opinions ou délibérations, sous peine de privation d'office et d'être déclaré inhabile à toujours de tenir offices royaux. (Article 8.)

« Prohibition la plus absolue de recevoir aucun présent ni aucune rétribution des parties, directement ni indirectement, sauf dans les cas où il y aurait lieu à quelque taxation. »

Le reste de cette ordonnance est conçu dans cet esprit d'intégrité et d'amour du devoir : le simple extrait que nous en donnons suffit pour montrer combien elle fait honneur au magistrat qui l'a rédigée, au prince qui l'a revêtue de sa sanction et aux cours de justice qui, durant trois siècles, se sont glorifiées de la prendre pour règle et pour modérateur.

V

Les Mitainiers.

— 1572. —

« Montfaucon est une éminence douce, in-
sensible, élevée entre le faubourg Saint-Martin
et celui du Temple, dit un annaliste du dix-
septième siècle, et que l'on découvre de plusieurs lieues à la ronde. Sur le haut est une
masse accompagnée de seize piliers où conduit une rampe de pierre assez large, qui se fer-
mait autrefois avec une bonne porte. La masse

est parallélogramme, haute de deux à trois toises, longue de six à sept, large de cinq, terminée d'une plate-forme, et composée de dix ou douze assises de gros quartiers de pierres bien liées et bien cimentées, rustiques ou refendues dans leurs joints. Les piliers, gros, carrés, hauts chacun de trente-deux à trente-trois pieds, et faits d'un nombre égal de grosses pierres, y étaient rangés en deux files sur la largeur, et en une sur la longueur. Pour les joindre ensemble et pour y attacher les criminels, on avait enclavé dans leurs chaperons deux gros liens de bois qui traversaient de l'un à l'autre, avec des chaînes de fer d'espace en espace. Au milieu était une cave où se jetaient apparemment les corps des criminels, quand il n'en restait plus que les carcasses, ou que les chaînes et les places étaient remplies. Présentement (1690), cette cave est comblée, la porte de la rampe rompue, ses marches brisées:

des piliers, à peine en reste-t-il sur pied trois ou quatre, les autres sont entièrement ou à demi ruinés : la plupart de leurs pierres, entassées les unes sur les autres confusément, couvrent de ruines une partie de la plate-forme de la masse ; en un mot, de ce lieu patibulaire si solidement bâti, à peine la masse en est-elle encore debout. De l'éminence même sur laquelle il était élevé, il ne subsiste plus que la terre que cette masse remplit ; les environs en ont été enlevés et convertis en plâtrières. Rien ne s'est garanti des injures du temps et des hommes, qu'une grande croix de pierre qui semble moderne, et qui n'est pas assurément celle que Juvénal des Ursins et l'auteur de la chronique manuscrite latine de Saint-Denis attribuent à Pierre de Craon, parent de Charles VI, familier et chambellan du duc de Berry, fameux par l'assassinat du connétable de Clisson, favori du roi, bien commencé, mieux conduit, mais mal exécuté et suivi de sa ruine. »

En 1572, c'est-à-dire un siècle environ avant l'auteur de la description que nous rapportons, Montfaucon et son monument patibulaire se trouvaient déjà dans ce même état de délabrement et de ruine. Seulement, au fond d'une clairière dominée par les potences, s'élevait une chétive masure où un homme qui ressemblait plus à un spectre qu'à un vivant débitait du vin et de l'eau-de-vie au petit nombre de gens qui venaient visiter cette vallée des supplices, ce Golgotha de la Jérusalem française.

Le 22 août 1572, deux hommes entrèrent vers neuf heures du soir dans cette lugubre taverne. L'un de ces hommes, vêtu d'une casaque rouge, d'un juste-au-corps de satin, armé d'une longue rapière, et portant sur sa tête une toque chargée, outre mesure, de plumes de corbeau, était de moyenne taille, d'une fi-

gure basse, et paraissait appartenir, du moins
s'il l'on devait s'en rapporter à ses manières
et à sa tournure, à cette classe de spadassins
ou de héros à trois poils, comme on disait alors,
qui infestaient Paris depuis l'arrivée de Catherine de Médicis. Ce matamore avait d'énormes moustaches poignardant le ciel, et un bouquet de barbe assez semblable à celle d'un
bouc, enjolivement facial que l'on nommait
alors une *lorraine*, achevait de donner à sa
physionomie aquiline un cachet de mauvais
augure.

Son compagnon était d'une haute stature :
à ses vêtements simples, mais d'une bonne
étoffe et d'une coupe raisonnable, on devinait
qu'il appartenait à la classe respectable et pri-
vilégiée des bourgeois-marchands de Paris. Cet
homme était une espèce de Saint-Christophe,
ou mieux encore de Goliath ou de Samson habillé. Son dos, comme celui du porte-croix de

Jésus-Christ, était large, accidenté et épais; ses bras ressemblaient à des fléaux de balances, et ses jambes avaient beaucoup de rapports avec les piliers de Saint-Jean en Grève. Tout cet ensemble était surmonté par une tête des plus grosses et des moins gracieuses : grand nez, grande bouche, grandes dents et petits yeux sans éclat et sans transparence, telle était sa figure. Certes, celui qui, en considérant ce visage où une stupide indifférence était peinte, aurait soutenu que Dieu a fait l'homme à son image, aurait commis une grande impiété.

Les deux compagnons se firent servir une pinte de vin sous un triste peuplier, seul arbre vivant sur ce sol maudit, et, après avoir bu le premier coup, le spadassin, étendant sa main couverte d'un gantelet de couleur rouge vers les fourches de Montfaucon : « Dans deux jours d'ici, dit-il avec un sourire effroyable, Gaspard de Coligny, amiral de France, viendra prendre sa place à ce gibet.

— Bah! n'as-tu pas, l'autre jour, manqué la plus belle occasion du monde d'en débarrasser la reine Catherine? Coligny sortait de son hôtel, peu accompagné; il ne se doutait de rien; toi, tu étais juché à une lucarne en face de sa maison, sûr de n'être pas vu, et plus sûr encore de n'être pas pris; tu avais à la main une bonne carabine....... eh bien! la main t'a tremblé, le coup est parti, et M. l'amiral n'est pas mort.

— C'est vrai! mais le canard est blessé, si bien qu'il ne pourra se servir de ses ailes pour s'échapper : sa blessure est un certificat de trépas.

— Il n'y a que les morts qui ne reviennent plus, fit le bourgeois d'un air sombre : aussi je laisse aux timides les carabines et les pistolets, qui font plus de bruit que de besogne : si

je me mêle jamais de tricoter dans les affaires publiques, une bonne dague me suffira!.......
Mais, dis-moi, Maurevel, pourquoi diable m'as-tu amené dans ce cloaque impur et infect? N'avons-nous pas, dans le quartier du Louvre et de la Féronnerie, des cabarets aussi bien achalandés et plus appétissants que celui-ci?

— Nous aurions eu pour voisins des vivans, répondit Maurevel, et ici nous n'avons que des squelettes et des charognes, car maître Si-goyer, l'hôte de ce paradis terrestre des pen-dus, ne peut guère compter parmi les vivans. Mais, encore une fois, Pacôme, écoute-moi ; ce que j'ai à dire te touche, toi et les tiens. Écoute: la mesure des iniquités est parvenue à son comble. Les huguenots ont enfin lassé la pa-tience royale et la longanimité du ciel : la der-nière heure de ces impies va sonner ! La justice de Dieu et la justice du roi ont déjà marqué les maisons des victimes, et le glaive est sur le point d'être tiré du fourreau pour n'y plus rentrer qu'après l'œuvre de la vengeance accomplie.

— Je ne te croyais pas si habile prêcheur, dit Pacôme, et tu dégotterais un carme ou un jacobin; mais je n'aime pas les phrases; je ne les comprends pas, explique-toi en bon français, ou je déloge.

— Apprends donc, Pacôme, qu'après demain..... après demain, entends-tu? la cloche de Saint-Germain-l'Auxerrois donnera le signal de l'égorgement général des huguenots; apprends que moi, Maurevel, je suis chargé par le duc de Guise d'enrôler tous les braves hommes, tous les zélés catholiques qui pourront nous aider dans l'œuvre sainte; apprends qu'il n'y aura pas là seulement de la gloire religieuse à acquérir, mais il y aura encore de l'or à récolter: l'argent, les biens, les hardes des huguenots qui tomberont sous nos coups deviendront le légitime salaire de notre patriotique entreprise. Que dis-tu de cela, Pacôme?

— Qu'est-ce que cela me fait, à moi? murmura le bourgeois.

— Comment, tu demandes ce que cela te fait? interrompit Maurevel en frappant la table d'un coup de poing, ne m'as-tu pas dit vingt fois que de la corporation des aulmussiers, mitainiers, chapeliers et bonnetiers de Paris, tu étais le plus misérable? que le gain que tu retirais de ta boutique de la rue de la Féronnerie te suffisait à peine pour nourrir ta femme et tes sept enfants? ne m'as-tu pas rabaché tout cela vingt fois, hein?

— C'est vrai, dit piteusement le mitainier.

— Eh bien, l'occasion se présente de faire connaissance avec la fortune; marche avec moi dans le grand jour qui va luire, et Dieu récompensera tes efforts. Tu vaux à toi seul dix hommes pour la force et pour le courage, tu auras dix parts dans le butin.

Le mitainier laissa tomber sa tête sur sa poitrine. Il était ébranlé. Maurevel s'aperçut que le colosse fléchissait.

— Ne te vois-tu pas d'ici, Pacôme, continua-t-il, à la tête d'une bonne trentaine de mille livres que tu aurais gagnées dans l'espace de quelques heures. Ta pauvre boutique, si chaude l'été, si froide l'hiver, si triste en tout temps, se métamorphose tout à coup en brillant magasin ; les armes de ta corporation, *les ciseaux* et *les chardons,* au lieu d'être en plomb sur un fond de plâtre, seraient incrustées en or dans une muraille neuve et splendide. Tes enfants, aujourd'hui en guenilles, dont la présence chasse ou éloigne les chalands, seraient bien vêtus, gracieux, frais, réjouis, et, sous la garde d'une servante picarde ou champenoise, laisseraient à ta femme le loisir de

I.   15

trôner dans un beau comptoir de noyer mâle.
La corporation des bonnetiers ferait alors attention à toi, car le bonheur est comme l'ai-
mant, il attire et il attache; on te comblerait
de louanges et de caresses..... On te prierait,
toi dont la valeur commerciale est égale alors
à la puissance physique, de vouloir bien accepter la charge de *grand-garde* des aulmussiers, chapeliers, bonnetiers et mitainiers de
la ville de Paris. Nul ne pourrait, parmi nous,
nous imprimer à cette charge plus de gloire
et de grandeur que vous, te dit-on...

— Oh! non, nul ne le pourrait! fit à demi-
voix le mitainier dont le visage commençait à
s'empourprer d'orgueil.

— Et ne lirait-on pas d'ailleurs en gros ca-
ractères au-dessus de ta boutique, poursuivit
Maurevel, comme s'il n'eût pas entendu son
exclamation : Pacôme Vandilier, *bonnetier, mi-*

tainier de la reine Catherine de Médicis et de
madame la duchesse de Guise.

Un coup de foudre n'aurait pas produit
sur le mitainier un effet plus subit et plus
prompt.

— Comment! comment! s'écria-t-il en se
levant, je serais nommé mitainier de la mère
de notre roi et de madame la duchesse de
Guise! Te ne me trompes pas, Maurevel?

— Je te trompe si peu, reprit le bravo, que
voilà la commission en bonne forme et que je
puis te remettre.

Et Maurevel tira de son sein une pancarte
de parchemin, scellée des sceaux de France et
des armes de la maison de Guise, qu'il mit
dans la main du mitainier.

Celui-ci la prit en tremblant.

— Je suis prêt à tout entreprendre et à tout
risquer, répondit le colosse en hennissant d'allégresse : faut-il aller chercher le bourdon de

Notre-Dame et le descendre au milieu du parvis pour tinter l'agonie de l'amiral? j'y vais; faut-il, armé d'une pertuisane, aller à moi seul défier les huguenots à la Croix-du-Trahoir ou au carrefour de la porte Bussy? j'y vais encore! Parle, Maurevel.

— Modère cette ardeur, répondit le spadassin, calme ce zèle qui, pour être profitable à notre cause, ne doit éclater que le jour même de la Saint-Barthélemy; mais écoute les instructions que j'ai à te donner, Pacôme, et, si je ne te vois pas d'ici à après-demain, grave-les dans ta cervelle, afin de ne les pas oublier: — Coligny doit être une des premières victimes de la journée; ce n'est point à moi qu'est réservé l'honneur de le frapper. C'est Besme, attaché à la maison de Lorraine, qui est chargé de ce soin. Mais une mission plus périlleuse m'est confiée: je dois, moi, entends-tu, venir accrocher à ces gibets qui se dressent en face de nous le cadavre de l'amiral. Pour parvenir à cette fin, à laquelle la reine Catherine tient par dessus tout, il faudra déployer de la force, du courage et de l'intrépidité, car les partisans du prince de Condé et les amis d'Henri, roi de Navarre, nous opposeront sans doute une vive résistance. Je compte donc sur toi : tu m'accompagneras jusqu'ici, et, chemin faisant, nous dépêcherons les huguenots que nous pourrons rencontrer.

— Est-ce là tout? dit le mitainier dont l'instinct sanguinaire commençait à prendre le dessus.

— Écoute encore, dit Maurevel, le mot de ralliement sera : *Dieu et Lorraine;* le signe de reconnaissance, une croix blanche sur le bras. Voilà pour les hommes. Quant aux femmes et aux enfants, ils porteront, en signe de pacte et d'alliance avec nous, des *mitaines vertes.* Il faut que tu te procures, d'ici à après-demain au lever du soleil, toutes les mitaines vertes qui sont chez les marchands de ta corporation. Tu feras remettre secrètement ces ballots de mitaines dans les fossés du Louvre qui regardent la rivière : c'est là que la reine les fera prendre pour les distribuer ensuite. Au surplus, Pacôme, je t'engage à garder ce qu'il te faut de mitaines pareilles pour ta famille. La rue de la Féronnerie, où tu demeures, est infestée de huguenots, et nos gens qui, pour la plupart, ne connaissent personne à Paris, pourraient envelopper, sans le vouloir, dans la même vengeance les huguenots et les catholiques. Quant aux armes dont tu dois te munir, tu prendras celles qui te tomberont sous la main ou que tu préfères.

— J'ai dans mon grenier une masse d'armes qui, à ce que me disait mon vieux grand-père, a servi à notre trisaïeul dans la révolte des *maillotins*. Elle me suffira : avec une pai

reille faucille on peut abattre plus d'épis qu'a-
vec vos longs tuyaux à poudre, qui crachent
plus d'épouvante que de trépas.

Maurevel et Pacôme regagnèrent Paris. Dès
le lendemain, 23 août, le bonnetier se mettait
en quête dans les boutiques des marchands de
sa corporation, pour accaparer toutes les mitaines qui s'y trouvaient. Il en rassembla plusieurs milliers.

— Mais que faites-vous donc de toutes ces
mitaines-là ? lui disaient ses confrères étonnés
et de sa sombre physionomie, et surtout de le
voir payer comptant, lui si pauvre, des marchandises en aussi grande quantité et à tout
prix ; mangez-vous donc des mitaines vertes
comme d'autres mangent des fraises de veau ?

— Je suis *Croque-Mitaines* *, vous l'avez

* Le nom de CROQUE-MITAINES lui resta, et il devint inef-
façable après la cruelle journée de Saint-Barthélemy, où
Pacôme se signala par des forfaits inouis. De nos jours ce
nom bizarre est passé dans le langage populaire, et l'on a

dit, répondit Pacôme en souriant amèrement, mais après les mitaines je croquerai des morceaux plus succulents.

Dans la nuit du 23 août, veille de la Saint-Barthélemy, par les soins du mitainier de la reine, on jetait dans les fossés du Louvre trois énormes ballots de mitaines vertes.

Le lendemain, 24 août 1572, la cloche de Saint-Germain-l'Auxerrois donna le signal du carnage, et ce glas de mort trouva les assassins à leur poste. Bientôt, de la Grève aux remparts du Louvre, on entendit les coups d'arquebuse s'appeler et se répondre. Les cris de vive le roi, vive Catherine, vive Guise et Lorraine, se mêlaient au bruit de ces détonations, qui redoublaient de moment en moment; des bandes d'hommes aux bras nus, et le corps à peine

fait de Croque-Mitaines une espèce d'ogre ridicule dont on fait peur aux petits enfants. Nous verrons combien l'origine de ce sobriquet fut épouvantable et terrible.

couvert d'une espèce de sarreau de toile bleue,
assez semblable au vêtement que l'on nomme
aujourd'hui blouse, véritable livrée de meurtriers, se répandirent dans tous les quartiers
.le Paris, sous la conduite de chefs expérimen-
tés et tout dévoués à la faction des princes lorrains. Presque aussitôt le massacre commença,
et la chute du cadavre de Coligny sur les pavés
déjà sanglants de la rue de Béthizy fut le pro-
logue de ce lamentable drame qui devait durer
tout le jour.

Cependant, les bourgeois de Paris s'étaient
barricadés dans leurs maisons : catholiques et
huguenots craignaient les excès de ces soudards
déchaînés, de cette populace implacable, dont
les fureurs n'ont pas de bornes lorsqu'elle
éprouve le double enivrement du sang et du
vin. Les boutiques étaient fermées dans le quartier du Louvre ; une seule, dans la rue de la
Féronnerie, était entr'ouverte et semblait nar-

guer la guerre civile par la pauvreté de ce qu'elle contenait et par l'indigente apparence de sa devanture. Cette boutique était celle du mitainier Pacôme Vandilier.

Au seuil de ce logis jouaient quatre enfants misérablement vêtus; trois jeunes filles de treize à dix-sept ans travaillaient auprès de leur mère à quelque distance.

En ce moment le bruit des arquebusades redoubla; la mère et les trois filles faisaient le signe de la croix à chaque explosion.

— Mon Dieu, mon Dieu, dit la bonne femme, il paraît que les huguenots se défendent et ne veulent pas se laisser arrêter. Où tout cela nous mènera-t-il? Mes enfants, vous avez les mitaines que votre père vous a données hier soir?

— Oui, mère, oui, nous les avons.

— Gardez-les bien. Et maintenant je crois, mes pauvres enfants, que nous ne ferons pas mal de fermer entièrement la boutique; il ne fait pas bon à rester là sur le pas de la porte, quand tous nos voisins sont clos.

En effet, les malheureux huguenots, traqués comme des bêtes fauves, commençaient à opposer une résistance désespérée aux assassins. Plusieurs s'étaient formés en troupe de quinze ou vingt hommes, et traversaient les rues l'épée à la main, pour tâcher de gagner, les uns le Pré-aux-Clercs, en traversant la Seine à la nage, les autres la plaine Saint-Denis, où il leur était facile de se cacher dans les carrières et les fours à plâtre.

On avait fait rentrer les quatre bambins qui se roulaient à la porte, et déjà la femme de Pacôme le mitainier plaçait la dernière barre de ses volets, lorsqu'un valet à cheval, aux livrées du roi de Navarre, s'arrêta précipitamment devant la boutique.

— Avez-vous des mitaines vertes ? dit-il en descendant d'un saut de cheval.

— Hélas ! monsieur, nous n'en avons plus une seule paire, répondit la marchande d'un ton dolent.

— Tant pis, répondit le valet désappointé ; mais n'en voilà-t-il pas quelques paires ? continua-t-il en regardant aux mains des enfants et des jeunes filles.

— Nous en avons chacun une paire dans la maison, dit la mitainière ; mais, outre qu'elles ne sont pas neuves, mon mari, maître Pacôme, nous a bien recommandé de les garder.

— Gardez-les donc, reprit le valet ; mais, cependant, si vous voulez les troquer contre dix pièces d'or que voilà, je les emporte ; sinon, j'en trouverai ailleurs.

Et le valet jeta sur le comptoir dix carolus d'or, tous battant neufs, qui brillaient sur ce pauvre bois noirci par le cuivre du prolétaire comme une escarboucle sur une crèche.

La mitainière regarda ses filles ; elle était éblouie de cette aubaine, elle riait malgré elle : c'était la première fois, depuis bien long-temps, qu'elle contemplait un aussi grand nombre de pièces de ce précieux métal.

— Allons, décidez-vous, dit le valet, je suis pressé.

— Prenez, lui dit la marchande, et grand bien vous fasse ; mais, vous le voyez, je ne vous trompe pas, elles ne sont pas neuves.

— Qu'importe ! qu'importe ! fit le valet.

Les jeunes filles jetèrent sur le comptoir leurs mitaines vertes ; la mère en fit autant ; les quatre marmots seuls opposèrent une vive résistance, comme si les malheureux eussent eu un pressentiment du sort qui les attendait, privés de ce palladium domestique.

Le valet mit le tout dans son surcot, remonta

à cheval et disparut. Une minute après, la boutique était fermée.

Une heure à peine s'était écoulée depuis le départ du valet aux livrées du roi de Navarre, qu'un coche renfermant huit personnes passait rapidement dans la rue de la Féronnerie déjà jonchée de cadavres, et attirait l'attention d'une bande de meurtriers qui débouchaient par la rue Saint-Denis.

— Ce coche renferme, si je ne me trompe, la famille de Ravaisière, alliée à l'amiral de Coligny, dit le chef, qu'on l'arrête, et si les gens qui l'occupent n'ont pas le signe du salut, qu'on les tue sur place.

Le coche fut immédiatement arrêté; il ne contenait que des femmes et des enfants, qui tous portaient des mitaines vertes : on les laissa passer.

— Où diable a la tête M. le maréchal de Tavannes, de m'ordonner l'occision de toute

cette famille? dit le chef, et de lui procurer les
moyens d'échapper. Que le diable l'accom-
pagne! Çà, enfants, nous voici dans une rue
où l'huguenoterie fleurit depuis long-temps;
cherchez, cherchez bien, et mettez-vous à l'ouvrage jusqu'aux coudes.

Les assassins se répandirent aussitôt sur les
deux côtés de la rue, frappant du pommeau
de leurs épées à toutes les portes des boutiques,
demandant ici des armes, là des rafraîchisse-
ments, et ordonnant à tout le monde d'ouvrir
sous peine de mort.

Ils arrivèrent ainsi à la porte du bonnetier
Pacôme Vandilier. Ils frappèrent, et la mère et
les filles vinrent leur ouvrir en tremblant.

— Avez-vous des armes ici? dirent-ils.

— Non, messieurs.

— Logez-vous des huguenots? Répondez,
répondez la vérité, ou sinon...

— Nous n'avons ni armes ni huguenots,

répondit la mère; mon mari, moi-même et nos enfants, nous sommes bons catholiques et fidèles serviteurs du roi...

— Et le signe de ralliement et de reconnaissance des serviteurs de Dieu et du roi, ne l'avez-vous pas?

— Hélas! non, messieurs.

— Qu'en avez-vous fait? vous devez l'avoir.

— Ce qu'ils en ont fait, s'écria un homme qui s'approcha tout à coup des satellites de Médicis, ce qu'ils en ont fait? je vais vous l'apprendre. Ils ont vendu leurs mitaines vertes pour une somme considérable aux huguenots, et les nièces de Coligny viennent d'échapper, grâce à eux, au fer de la justice et de la religion catholique. La cupidité de ces créatures mérite un châtiment exemplaire: amis, traitez-les comme les huguenots leurs alliés.

L'homme qui tenait ce discours était Besme, le lâche exécuteur des vengeances de Guise.

Après avoir tué l'amiral, il s'était hâté de courir à l'hôtel Ravaisière, où la famille Coligny était rassemblée. Sa colère s'était changée en fureur lorsqu'il avait acquis la certitude que cette noble famille avait eu le bonheur de se soustraire au massacre en arborant, grâce à la présence d'esprit d'un de ses domestiques, qui avait endossé la livrée du roi de Navarre, les *mitaines vertes* de la faction catholique.

Besme n'avait pas plus tôt terminé sa sanglante allocution, que les bandits s'élançaient dans la boutique comme des bêtes féroces. Ils égorgèrent d'abord la mère et les trois filles, puis, par une barbarie dont n'offrent que trop d'exemples les guerres civiles, ils se livrèrent à mille outrages envers leurs cadavres. Les quatre petits enfants qui s'étaient blottis de peur sous les arches du lourd comptoir de noyer furent arrachés de leur retraite et percés de coups; puis, par un raffinement de cruauté digne de cannibales, les meurtriers atteignirent une broche, transpercèrent les quatre pauvres petits innocents qui respiraient encore, et les placèrent comme d'immondes animaux devant un grand feu qui était allumé. Ils pillèrent ensuite la maison, jetant par les fenêtres ce qu'ils ne pouvaient emporter, et terminant leurs forfaits dans ce malheureux logis en brisant les portes, les châssis, les contrevents et jusqu'aux escabeaux qui le garnissaient.

Les voisins de Pacôme n'avaient pas osé bouger pendant cette effroyable scène, car c'est surtout dans les guerres civiles que l'égoïsme se produit dans toute son horreur.

Cependant, le mitainier avait été exact au rendez-vous que lui avait donné Maurevel:

dès cinq heures du matin, ils parcouraient le
quartier de l'Université, à la tête d'un gros dé-
tachement d'archers déguisés, et se livraient à
la recherche des huguenots qui leur étaient si-
gnalés d'avance : c'est ainsi qu'ils trouvèrent
dans une cave Ramus, le célèbre professeur de
l'Université *, et qu'après lui avoir extorqué
une somme assez considérable d'argent, ils
finirent par le précipiter du haut de sa maison
sur le pavé. Le célèbre sculpteur Jean Goujon
subit bientôt le même sort **, et arraché vio-

* Ramus, ou la Ramée, de domestique au collège de
Navarre, parvint à force d'études et de travaux au premier rang des savans de son époque. Henry II lui avait
donné une chaire de professeur royal en 1551 ; mais ses
doctrines hardies en métaphysique et en philosophie lui
avaient suscité de nombreux ennemis parmi ses collègues
et parmi la jeunesse des écoles. Ce fut son compétiteur
Charpentier qui révéla sa retraite aux sicaires de Catherine
de Médicis

** Jean Goujon, qu'on a surnommé le Corrège de la
sculpture, était né à Paris. Ses magnifiques travaux du
Louvre, de la fontaine des Innocens, de l'hôtel Carna-

lemment d'un échafaudage de l'hôtel du comte
de Poitou, dont il terminait alors les magnifiques ornements dans la rue de La Harpe, il
fut frappé de plusieurs coups de poignard et
mourut sur place. Après ces dignes exploits,
Maurevel et Pacôme redescendirent la rue Saint-
Jacques, suivis d'un grand nombre d'écoliers
qui s'étaient joints à leur troupe, égorgeant à
sa suite en amateurs, et se rendirent au Grand-
Châtelet où ils trouvèrent la populace qui traî-
nait dans la bouc le corps de l'amiral Coligny:
ils s'emparèrent de ce cadavre, le placèrent sur
une misérable charrette et le conduisirent à
Montfaucon, où ils l'accrochèrent au milieu
des malfaiteurs dont les fourches patibulaires
étaient amplement pourvues. Toutes ces atro-
cités s'exécutèrent aux cris de vive le duc de

valet, feront passer son nom à la postérité la plus recu-
lée. Un nommé Prédan, mauvais sculpteur, le désigna au
fer des assassins.

Guise! vive la reine Catherine! vive la religion!

Le corps de Coligny, suspendu aux ignobles chevrons des gémonies parisiennes par les robustes bras du mitainier, celui-ci crut que sa mission et le pacte qu'il avait contracté avec Maurevel étaient terminés.

— Je te quitte, dit Pacôme à son compagnon, crois-tu que j'ai bien gagné le titre que m'a octroyé la reine Catherine ?

— Mieux encore que je ne l'avais espéré, répondit Maurevel ; mais pourquoi veux-tu nous quitter si vite ? tu n'as eu pour ta part que les huit cents écus donnés par le professeur Ramus, et tu peux recueillir bien d'autres sommes d'ici au coucher du soleil.

— Je me contente de ce que j'ai, repartit le

mitainier; ma femme, d'ailleurs, et mes enfants ne doivent pas savoir ce que je suis devenu : il faut que j'aille au plus tôt les rassu-
rer.

— Va donc, dit Maurevel, et que Dieu te
conduise : tu as assez bien travaillé pour son
service aujourd'hui.

Pacôme reprit le chemin de son logis, mais
dans des dispositions moins ardentes que lorsqu'il en était sorti. Le colosse était las d'égorger; sa fièvre de meurtre s'était éteinte dans le
sang, et son humeur débonnaire succédait en
ce moment à son exaspération impitoyable.
Dans sa route, le mitainier préserva des atteintes de la dague et du poignard quelques
malheureux fugitifs; il retira même des mains
de plusieurs assassins, du côté du charnier des
Innocents, quelques filles huguenotes que les

monstres allaient violer et mutiler. Son inter-
vention, jointe à quelques paroles énergiques,
suffit pour faire lâcher prise aux satellites de
Guise et de Médicis.

Mais quelle fut la stupéfaction de Pacôme
Vandilier en arrivant devant sa maison. Sa
boutique ouverte, ses contrevents brisés, ses
meubles épars jetés çà et là sur le pavé lui firent soupçonner une partie de la vérité. Il se
précipite dans la maison, et un affreux spectacle se présente à sa vue : sa femme et ses
trois filles, nues, horriblement défigurées, et
portant encore sur leurs corps les traces de la
violence et de l'abrutissement des meurtriers;
plus loin, ses quatre pauvres petits enfants,
placés devant la fournaise, et n'offrant plus,
même à l'œil d'un père, les traces d'une forme
et d'une ressemblance humaine.

— Oh! s'écria Pacôme en rugissant, est-ce

donc ainsi qu'on a traité la famille d'un homme qui se battait pour la religion catholique et pour le roi de France? Malheur! malheur à ceux qui ont rempli cette maison de meurtre et de carnage. Je vais leur rendre avec usure les maux qu'ils ont fait pleuvoir sur moi. Les infâmes! ils me promettaient de l'or, des honneurs, des richesses, et ils me donnent au lieu de cela le pillage, la destruction!

Et Pacôme se roulait sur le corps de sa femme et de ses filles; il pressait entre ses bras les chairs charbonnées et pantelantes de ses petits enfants, il les appelait de leurs noms, et se livrait ensuite plein de rage et la bouche écumante aux blasphèmes et aux actes du plus violent désespoir.

Une foule considérable s'était rassemblée autour de la boutique du mitainier. Le lugubre drame d'épouvante et d'assassinats qui se déroulait sur tous les points de la Cité semblait s'être effacé dans ce quartier devant cet immense malheur domestique.

Tout à coup le mitainier se dresse au milieu de ce monceau de cadavres : ses traits ont repris leur placidité habituelle, son œil est sec, son front est calme; il étend la main d'un geste solennel sur le cadavre de sa femme et de ses enfants; puis, d'une voix creuse et haletante :

— Vous serez vengées! s'écrie-t-il, vous serez vengées, infortunées créatures, et votre trépas coûtera autant de trépas qu'il y a de minutes au jour, d'heures à l'année! Adieu, adieu, je vais commencer l'œuvre d'expiation. Malheur à ceux qui se trouveront désormais face à face avec le mitainier de Paris!

Et, arrachant la croix blanche qu'il portait

au bras, comme tous les écorcheurs de Guise :

— Je suis huguenot! s'écria-t-il d'une voix terrible; que ceux qui veulent immoler une nouvelle victime à la rage de Catherine et des princes lorrains s'approchent : je suis huguenot, et je les attends.

Le mitainier brandissait son maillet de fer tout souillé de sang.

Personne ne bougea.

Jetant alors un dernier regard sur sa maison et sur les cadavres de sa famille, il fit un geste d'adieu et se précipita au milieu de la foule qui s'ouvrit précipitamment pour le laisser passer.

Pacôme Vandilier courut comme un forcené vers le Louvre; là, dans une maison de la rue Froidmanteau, il vit des huguenots

assiégés par des satellites catholiques. Les huguenots étaient à bout de leur défense, et allaient probablement être égorgés en se rendant
prisonniers, lorsque le mitainier arriva. En
un tour de main il assomma quatre des assail-
lants, saisit leurs armes et les jeta aux assiégés
qui firent une vigoureuse sortie. Pacôme, se
mettant alors à leur tête et ramassant sur son
passage tous ceux qui se trouvaient isolés ou
cachés dans les rues, opéra sa retraite en bon
ordre vers le village de Boulogne, tuant chemin faisant tous les catholiques qu'il rencontra
combattant.

Après avoir mis sa petite troupe en sûreté,
Vandilier, dont les désastres semblaient avoir
grandi tout à coup l'intelligence, s'arrêta :—
Je vous ai sauvés tous de la rage et de la fureur
des catholiques, mais apprenez vous-mêmes
qui je suis. Je suis Pacôme Vandilier, mitainier

de Paris; j'ai participé au massacre de vos frères, et j'ai attaché de mes propres mains le corps de votre chef au gibet de Montfaucon. Mais Catherine et Guise, pour payer mon aveugle obéissance, ont fait égorger ma famille. C'est pour la venger, c'est pour perpétuer de terribles et sanglantes réprésailles que je me suis jeté dans vos rangs. Maintenant je suis huguenot comme vous; je voue haine, opprobre, exécration aux catholiques, et mon bras ne se reposera pas un instant avant l'extinction du dernier Guise et du dernier Valois. Me voulez-vous pour chef, je promets de gagner à votre tête la première place protestante, et là de vous donner des preuves journalières de mon dévouement à votre cause et à vos croyances... Allons à la Rochelle!

La troupe de Vandilier se mit en marche, elle grossissait à mesure qu'il avançait dans sa route. A trente lieues de Paris, elle se montait à plus de trois mille hommes, presque tous gentilshommes et déterminés à vendre chèrement leur vie. Pacôme, devenu tout à coup général d'armée, se conduisit dans cette retraite en homme plein de prudence et de courage. Il maintint dans son armée une exacte discipline, choisit pour camper des endroits favorables, ne commit ni pillages ni exactions, et s'acquit l'estime et l'admiration de tous ces huguenots, qui lui confirmèrent glorieusement le surnom de CROQUE-MITAINES, reçu par lui sous de si fatales auspices.

Ils arrivèrent enfin devant la Rochelle : le brave Lanoue, qui commandait dans la ville, et qui avait été averti de la venue du capitaine Croque-Mitaines et de ses co-religionnaires, sortit au devant de lui avec une partie des troupes de la garnison, et lui donna par cette marque d'honneur un témoignage public de son affection et de sa sympathie.

— Mon général, dit Pacôme en montrant
ses compagnons à Lanoue, les braves hommes
que je vous amène m'ont nommé leur capitaine : je ne suis qu'un pauvre sire, peu initié
aux stratagèmes de la guerre, et ne saurai jamais que me battre de grand cœur pour le
triomphe de notre cause ; cela ne suffit pas
pour être chef : aussi viens-je remettre mon
commandement entre vos mains.

— Gardez-le, mon brave, répondit Lanoue ; restez capitaine, et combattez avec
nous.

Le mitainier de Paris partagea en effet le
commandement des troupes avec Lanoue. En
1573, une armée catholique, sous les ordres
du duc d'Anjou (depuis Henri III), vint assiéger
la Rochelle. Les savantes dispositions du gouverneur rendirent les assauts de l'armée royale

inutiles; mais ce qui occasiona des pertes énormes à cette armée, ce furent les sorties réitérées de la garnison, sorties qui toutes étaient dirigées en personne par le mitainier de Paris. Dans une de ces sorties, le capitaine Croque-Mitaines, usant de sa prodigieuse force musculaire, ramena dans la ville, sous chacun de ses bras, deux officiers de l'armée catholique, le baron de Gisors et le comte de Nantouillet. L'armée de Charles IX perdit devant la Rochelle plus de dix mille hommes, et le siège fut levé honteusement par le duc d'Anjou, qui courut alors en Pologne essayer sur sa faible tête l'antique et vénérable couronne des Jagellons.

Le capitaine Croque-Mitaines demeura sous les armes tout le temps que durèrent les guerres de religion. Sa vaillance, sa force et son intrépidité ne furent pas inutiles à Henri IV,

auquel il s'attacha par la suite. Quand le roi
de Navarre devint roi de France, il pressa Pacôme Vandilier de recevoir un grade plus élevé
que celui qu'il tenait :

— Laissez-moi, sire, dit le vieux soldat, le
titre de capitaine ; à cette qualité est venu se
joindre un sobriquet qui m'honore en me rap-
pelant mon premier métier. Assez d'autres,
sire, oublient la source d'où ils sont sortis, pour
que je ne veuille pas qu'elle s'efface de ma mémoire.

L'ancien mitainier de Paris, le capitaine
Croque-Mitaines, devint, sous les premières années du règne de Henri IV, capitaine de lou-
veterie de la forêt de Compiègne. Ce poste lui
avait été donné par forme de récompense, il
le remplit jusqu'en 1605.

Pacôme n'avait jamais voulu remettre le pied

dans la capitale ; il n'y parut qu'une fois, le jour de l'entrée de Henri IV, et encore parce qu'il avait à cœur de partager les dangers que son maître pouvait courir. Il ne parlait jamais du massacre de sa famille sans répandre des larmes, et par son testament il laissa au corps des aulmussiers, bonnetiers, chapeliers et mitainiers de la ville de Paris tout son bien, moyennant un service annuel pour le repos de l'âme de sa femme et de ses enfants. Pacôme persista à vivre et mourut dans la foi protestante, qu'il avait embrassée d'une façon si tragique.

Et comme si cet endroit de la rue de la Féronnerie eût été destiné à des crimes détestables, trente-huit ans après le massacre de la famille du mitainier, Henri IV tombait en face de cette même boutique de la rue de la Féronnerie, sous le poignard d'un assassin !

VI

Les Joailliers-Orfèvres.

— 1661. —

Le pont Saint-Michel était, vers la fin du dix-septième siècle, à l'apogée de sa splendeur. Ce pont, qui liait le quartier de l'Université à l'île de la Cité et à l'opulente rue Saint-Denis, était aussi célèbre en Europe que le pont de Rialto à Venise. Dans ses maisons maigres et élancées * se trouvaient des chasubliers, des chan-

* Les maisons du pont Saint-Michel n'ont été démolies

geurs, des bijoutiers et des orfèvres : la pourpre, la moire et la soie s'y mêlaient aux métaux précieux que l'industrie de l'homme a
rendus souples et ductiles. Ces boutiques, fort
peu élégantes, si on les compare à celles d'aujourd'hui, recélaient pourtant des richesses
immenses. Les étoles, les chapes, les dalma-
tiques et les aubes suspendues chez les chasubliers; les monnaies allemandes, espagnoles et
anglaises entassées chez les changeurs; les re-
liquaires d'argent et de vermeil, les boîtes
finement travaillées, les bagues, les pièces d'argenterie groupées chez les joailliers et chez les
orfèvres, faisaient monter à plus de quatorze
millions les marchandises en vente sur le seul
pont Saint-Michel. Ce chiffre est du moins ce-

qu'au commencement du dix-neuvième siècle. Le Grand-
Châtelet éprouva le même sort quelques mois après. Il
faut convenir que Paris a perdu en pittoresque et en sou-
venirs tout ce qu'il a gagné en beauté régulière à ces dé-
molitions.

lui qu'on trouve dans le cahier des évaluations
du commerce de Paris, rédigé en 1657 par
l'ordre du prévôt des marchands.

Au premier rang des boutiques splendides,
on remarquait celle qui avait pour enseigne le
Mouton blanc. De larges carreaux bombés en
verre de Bohême laissaient voir à son intérieur
des montres, des flacons, des boîtes d'or et
d'argent ciselées avec un goût exquis; des
pièces d'argenterie, de vermeil et d'or décou-
pées avec un art merveilleux. Maître Antoine
Delafosse[*], le propriétaire de cette boutique,
était non seulement un commerçant probe,
honnête et intelligent, mais encore un ouvrier
soigneux, un artiste distingué, qui imprimait

---

[*] Antoine Delafosse, l'orfèvre du pont Saint-Michel, fut
l'oncle de l'auteur de *Manlius*, et le frère de Charles Lafosse, peintre habile et célèbre, auquel on doit les peintu-
res du dôme des Invalides. Ce dernier était élève de Lebrun,
et devint après lui recteur de l'Académie de peinture.

à tous les ouvrages sortant de ses mains un cachet particulier de noblesse et d'originalité. La vogue avait récompensé ses talents, et les seigneurs de la cour, les belles dames, et même les riches bourgeois de la ville, n'auraient point été complètement satisfaits d'un bijou ou d'une pièce d'orfèvrerie, s'il ne fût sorti des magasins d'Antoine Delafosse. La renommée et la réputation de la maison étaient d'ailleurs d'ancienne date, car le grand-père et le père de cet habile artisan s'étaient illustrés eux-mêmes et enrichis sur le pont Saint-Michel, dans le même négoce et par les mêmes talents.

Maître Antoine avait à peine atteint sa trentième année en 1661. C'était un garçon vif, gai, spirituel, dont le front élevé, les yeux à fleur de tête, et les manières franches et aisées, décelaient la bonne conscience et la félicité domestique. En effet, nul au monde ne pouvait se

dire plus heureux que le joaillier : adoré de
ses ouvriers, dont il était le tuteur et le père,
estimé de ses voisins et de ses nombreux clients
de la cour et de la ville, chéri d'une épouse
jeune, belle et vertueuse, il jouissait noblement
d'un bonheur qu'il méritait. Henriette Polar-
dier, sa femme, était une des beautés les plus
accomplies de l'époque : sa taille était svelte et
bien prise, sa chevelure d'un noir de jais, sa
peau d'une blancheur et d'une finesse extrê-
mes. L'harmonieuse expression de son visage
était si touchante, son regard, son sourire
avaient quelque chose de si suave, que Ninon
de l'Enclos, qui, sur sa réputation de beauté,
était allée la voir en prétextant le besoin de
quelques achats, n'avait pu se retenir de dire
bien bas à M. de Villarceaux, après avoir considéré la charmante joaillière : « Allons-nous-
en au plus vite de céans, monsieur le duc,
car, si je regardais long-temps cette femme, je

briserais en rentrant tous les miroirs de mon hôtel, de dépit. »

La beauté d'Henriette attirait, non moins que le talent de maître Antoine, les plus riches et les plus galants seigneurs de la cour. De ce nombre était Nicolas Fouquet, procureur-général du Parlement de Paris et surintendant des finances. Fouquet, dont les passions étaient vives et impétueuses, et pour qui Boileau fit ce vers caractéristique :

« Jamais surintendant ne trouva de cruelles. »

ne put voir Henriette sans en devenir éperdument amoureux ; or, selon lui, du désir à la possession, le pas n'était pas difficile à franchir. Fouquet était alors amoureux aussi de mademoiselle de la Vallière, que Louis XIV aimait déjà : il préparait une fête somptueuse dans sa terre de Vaux, et mademoiselle de la Vallière

devait y accompagner le jeune roi et la reine
Anne d'Autriche, dont elle était fille d'honneur. Le surintendant tira parti de cette double
circonstance : il commanda au joaillier une
magnifique boîte d'or, destinée à être offerte
à mademoiselle de la Vallière. Cette boîte devait avoir un double fond dans lequel se trouvait un précieux portrait de celle qui déjà était
favorite : ce portrait était placé à la cîme d'un
palmier, et à cet arbre montait un écureuil
avec cette devise, qui était celle de Fouquet :
« *Quo non ascendam?* » Où ne m'élèverai-je
pas? L'allégorie était diaphane, et Fouquet
(qu'on appelait aussi le marquis de Belle-Isle),
qui ne faisait du reste mystère ni de son ambition ni de ses amours, paya bien cher l'effron-
terie de ses hommages et le cynisme de son
encens.

Quoi qu'il en soit, la commande de cette

boîte d'or chez Antoine Delafosse, l'achat de
quelques autres bijoux, tels que bracelets, girandoles de diamants, boucles, bagues et drageoirs, avait établi entre le surintendant et
l'artiste, sinon une apparence de familiarité,
du moins un commerce exempt de toutes les
sévérités de l'étiquette. Le surintendant profi-
tait, en coureur de bonnes fortunes, de cet
état de choses : sous prétexte de surveiller le
travail de la boîte destinée à mademoiselle de
La Vallière, et cette boîte méritait assurément
cette sollicitude apparente, car elle devait revenir à plus de mille louis, il venait chaque
jour passer des heures entières dans la boutique du joaillier. Celui-ci, tout entier à son art
et à son inspiration, ne voyait pas les œillades
que le surintendant lançait à sa femme; et, les
eût-il vues, qu'en eût-il pu craindre? La belle
Henriette n'était-elle pas la vertu et la chas-
teté mêmes? et tous les surintendants du

monde eussent-ils conspiré la perte de son honneur, elle les eût fait rougir de leur insolence et de leur corruption?

Un matin du mois de juillet 1661 , la veille même du jour où la boîte mystérieuse devait être livrée au surintendant, et deux jours avant la célèbre fête de Vaux, Henriette fit appeler son mari dans sa chambre. Antoine s'empressa de quitter ses ateliers et d'y monter.

— Mon ami, dit la jeune femme avec une pudique émotion, je ne vous ai jamais rebattu les oreilles des fadeurs qui me sont chaque jour débitées par les muguets de la ville et les petits-maîtres de la cour : une honnête femme entend tout cela, hausse les épaules, et n'en aime que davantage son mari. Mais aujourd'hui je dois rompre un silence qui pourrait vous sembler condamnable, plus long-temps gardé.

Apprenez, Antoine, que le marquis de Belle-Isle, le surintendant des finances, s'est épris de moi; qu'il a osé me le dire, et qu'aujourd'hui même, au moment où va cesser le prétexte qu'il avait de se présenter ici chaque jour, il m'a fait tenir par une voie secrète un billet que je vous livre, afin que vous agissiez selon les inspirations de votre sagesse et de votre prudence.

Henriette remit au joaillier un petit billet tout pimpant et tout parfumé, qui contenait ces mots :

« Daignez sortir ce soir de votre boutique pour aller entendre Vespres à Saint-Benoist. A votre sortie de l'église, deux hommes à ma livrée vous feront monter dans un carrosse qui vous conduira à mon hôtel : vous ne me refuserez pas, si je dois me confier à la grâce avec laquelle vous avez reçu mes aveux, et ce soir je pourrai mettre à la fois à vos pieds amour, rang, dignité et fortune. »

Ce billet était écrit de la main et signé du nom du marquis de Belle-Isle. Un post-scriptum recommandait à celle à qui il était adressé de s'envelopper d'un mantelet noir et de se couvrir la tête d'une thérèse verte *.

— Que dites-vous de ceci, mon ami? fit, après que son mari eut terminé sa lecture, Henriette dont le front était rouge de pudeur et d'indignation.

— M. Fouquet est un imprudent, un fat et un fou, répondit le joaillier, dont la riante physionomie n'avait point changé d'expression. Il tient, à ce qu'il paraît, à augmenter le nom-

* La thérèse était une sorte de capuchon de satin dont les dames s'enveloppaient la tête, comme font les Espagnoles de la mantille.

bre de ses ennemis, qui est pourtant assez grand déjà ; Dieu puisse le prendre en miséricorde.

— Mais que prétendriez-vous faire, mon ami? dit d'un ton effrayé la joaillière.

— Ce que je prétends faire? le punir de son outrecuidante présomption, et tu vas juger toi-même si le plan que j'improvise est mauvais.

En ce moment, un commis tout essoufflé se présenta à la porte de l'appartement.

— M. Delafosse, dit-il, la boutique est pleine de seigneurs qui vous demandent; pouvez-vous descendre pour leur parler?

— On attendra, répondit brusquement le joaillier.

— Impossible, repartit le commis : ce sont

tous grands personnages : M. le prévôt des marchands, M. le duc de Roquelaure, M. le marquis de Sévigné , M. Colbert , conseiller d'état, que sais-je encore.

MM. de Roquelaure, Sévigné, Colbert, tous ennemis déclarés du surintendant. Ah, si je voulais !

— Mon ami, dit Henriette, maintiens ton honneur, mais pas de vengeance !

— Henriette, mon Henriette, répondit le joaillier en déposant sur le front de sa femme un tendre baiser, auprès de toi on n'a que de bonnes pensées, que de loyales espérances. M. le surintendant en veut à mon honneur, mais je ne me vengerai de lui qu'en l'éclairant sur sa conduite, qui menace de le jeter dans l'abîme. Dans l'instant je vais revenir.

Antoine Delafosse trouva en effet dans sa boutique, où il descendit, les acheteurs qui lui avaient été annoncés.

— Allons, maître Lafosse, s'écria Colbert en le voyant, arrivez donc; ne savez-vous pas que M. le prévôt des marchands vous attend? Nous venons tous ici troquer notre argent et notre or monnayé contre vos brillantes babioles.

— Babioles! monsieur de Colbert, fit le joaillier d'un air piqué.

— Oh! ne vous offensez pas de l'expression, maître Antoine, interrompit Colbert en frappant doucement sur l'épaule du joaillier, personne plus que moi n'estime les arts et le commerce, et c'est, à mon avis, à les encourager dignement que les grands devraient employer leurs richesses..., et non, ajouta-t-il à voix basse, à stipendier le vice et la corruption. Nous allons tous, tant que nous sommes ici, à la fête de M. le marquis de Belle-Isle, à Vaux; le roi y sera, maître Antoine, et c'est pour ne pas faire trop disparate avec notre splendide amphitryon (et Colbert appuya sur ce mot) que nous venons faire provision de ces riens charmants qui nous font si bien venir des dames de la cour et de la ville. Allons, maître Antoine, montrez à M. le prévôt des marchands vos bagues, vos anneaux aux armes de la ville de Paris; offrez au jeune Sévigné des drageoirs de vermeil et des chaînes d'or et de topaze; il est encore enfant, et, de plus, amoureux; donnez à M. de Roquelaure des colliers et des bracelets, c'est l'homme de France, quoi qu'il en dise, le plus avancé dans les bonnes grâces des dames de la cour. A moi, maître Antoine, cédez quelques girandoles de diamants, quel que bonne bague, bien antique et lourde, j'ai quelques parents de province à gratifier et un sénéchal de Poitiers à présenter à la cour de Vaux.

— Mousieur Colbert, repartit M. le duc de Roquelaure, vous pourriez, pour peu que cela vous plût, acheter toute la boutique de maître Lafosse, car la recommandation du cardinal Mazarin commence à produire son effet, et vous êtes, ce me semble, en belle route ; aimé du roi, qui commence à ne voir que par vos yeux...

— Monsieur le duc, répondit Colbert sèchement, je pourrai parvenir peut-être à des fonctions élevées, mais, à coup sûr, je n'en serai pas plus riche, car je déteste et je méprise souverainement ceux qui puisent à pleines mains dans les coffres de l'état, sans s'inquiéter de la gloire du roi ni de la misère du peuple.

— Mais, monsieur de Colbert..... le cardinal Mazarin..... fit le duc.

— Le cardinal faisait ce qu'il voulait, et moi je ferai, si les circonstances l'ordonnent, ce qui conviendra au roi et à la France.

Puis, saisissant une boîte d'or admirablement ciselée et guillochée qu'un ouvrier venait d'apporter à maître Antoine, Colbert s'écria :

— Vraiment, Delafosse, vous êtes un homme de génie, et il faut venir céans pour comtempler de pareils chefs-d'œuvre.

Antoine tremblait. Cette boîte était précisément celle du surintendant, et si par hasard Colbert trouvait le secret du double fond, la disgrâce de Fouquet devenait inévitable.

Maître Antoine tâchait de s'emparer de la

boîte, mais Colbert ne cessait de la tourner, de la retourner et de l'examiner dans ses plus minutieux détails. Il la mirait, il la lorgnait, il la soupesait avec une anxiète curiosité, et plus maître Antoine s'avançait pour la happer, plus Colbert semblait mettre de lenteur à la regarder, depuis la charnière jusqu'aux ailes.

— En conscience, messieurs, il faut rendre les armes à maître Antoine, dit-il enfin; pour ces sortes de bijoux il est supérieur aux orfèvres de Florence et de Venise. Regardez donc, messieurs, combien c'est fini, combien c'est parfait; mais prenez garde, il y a là dedans, sans que vous vous en doutiez, une perle qui vaut tout un royaume.

Le ton dont Colbert prononça ces derniers mots prouva à Delafosse qu'il était instruit et du mystère que contenait la boîte et du nom de celui à qui elle appartenait. Cependant le joaillier lui demanda, avec le sourire le plus gracieux qu'il put simuler, ce qu'il entendait par cette perle si précieuse.

— J'entends, maître Antoine, l'extrême pureté de votre talent, j'entends ce cachet poétique que vous imprimez à tout ce qui sort de vos mains.

— Cette boîte est-elle à vendre? je l'achète, s'écria Roquelaure.

Le joaillier tombait de Charybde en Scylla; la réponse de Colbert l'avait rassuré, la demande du duc le jetait dans un nouvel embarras.

— Monsieur le duc, balbutiait-il, il m'est impossible de me défaire de cette boîte :..... elle est vendue.

— Et à qui? fit le duc.

Maître Antoine était pris: Colbert, cette fois,
vint à son secours.

— Monsieur le duc, dit-il à Roquelaure, un
joaillier doit en certains cas être aussi discret
qu'un confesseur. Maître Antoine ne vous ré-
pondra pas, et il ne peut pas vous répondre.
Devinez si vous pouvez, et surtout gardez le mot
de l'énigme. Le Sphynx savait se taire.

Et, après avoir choisi les divers objets qui
avaient le plus flatté leurs regards, les quatre
visiteurs partirent dans le carrosse de Roquelaure, qui les conduisit au Louvre.

Maître Antoine remonta tout aussitôt à l'appartement de sa femme.

— J'ai un double motif, maintenant, pour

voir M. Fouquet, lui dit-il : une leçon à lui faire et un conseil salutaire à lui donner. M. de Colbert sait tout, et malheur à lui! Mais ce n'est pas de cela qu'il s'agit. Tu vas me donner, ma chère Henriette, tes vêtements, tu m'habilleras, et je me ferai enlever à ta place.

— Vous déguiser six mois après le carnaval! Antoine, y pensez-vous? cela est-il séant? fit Henriette.

— Un grand seigneur qui se déguise chaque jour pour nuire me pardonnera sans doute de me travestir pour rendre service..... et à lui, encore.

— Mais Antoine, la religion, l'Église?.....

— Dieu ne fait pas attention aux habits, il voit les cœurs, et d'ailleurs, s'il y a péché, chère Henriette, je le prends sur moi : l'Église

ne peut pas m'anathématiser pour chercher à
conserver pur et intact le sacrement de mariage
qu'elle nous a conféré.

Maître Antoine s'affubla tant bien que mal
des vêtements de sa femme, sans oublier *la
thérèse verte,* et s'achemina vers l'église Saint-
Benoît, où il entendit les Vêpres avec une
grande componction.

En sortant, il fut happé par deux vigoureux
valets, et hissé dans une voiture qui le mena
grand train à la maison de plaisance du surintendant, située dans le Faubourg-Saint-Antoine.

A peine introduit dans le voluptueux bou-
doir où le surintendant attendait, maître Antoine Delafosse se débarrassa rapidement de
ses vêtements d'emprunt, de *sa thérèse verte*
et de son masque, et parut devant Fouquet

en habit de velours, l'épée au côté et le chapeau sous le bras.

— Allez porter cette défroque chez moi, pont Saint-Michel, à l'enseigne du *Mouton blanc*, dit le joaillier aux deux valets ravisseurs, en leur jetant une bourse bien garnie, et une autre fois soyez plus adroits, ou, mieux encore, renoncez au vil métier que vous faites.

— Que signifie cette mascarade, s'écria Fouquet dont la colère égalait le désappointement? m'expliquerez-vous, maître Antoine, l'audacieuse conduite que vous tenez?

— Monseigneur, répondit Antoine avec une noble fermeté, c'est moi qui viens vous demander l'explication de la vôtre. Ce n'est point ma faute si, pour parvenir jusqu'à vous, j'ai dû revêtir ce déguisement que vous-même, au reste, avez désigné.

— Sortez, dit Fouquet à ses valets, et vous, monsieur, expliquez-vous.

Les deux serviteurs se retirèrent, et maître Antoine, prenant une pause digne et respectueuse tout à la fois :

— Monseigneur, dit-il à Fouquet, vous avez voulu, pour prix de ma confiance et du respect que je n'ai cessé de vous témoigner, imprimer sur mon nom le sceau du ridicule et de l'infamie. Vous avez voulu séduire et déshonorer ma femme.

— Oubliez-vous, monsieur, que vous êtes ici chez moi ? interrompit Fouquet hors de lui ; oubliez-vous que, d'un mot, d'un geste, je pourrais vous faire jeter par la fenêtre ou mourir sous le bâton ?...

— Mourir sous le bâton, monseigneur, in-

terrompit à son tour le joaillier, en mettant la
main sur la garde de son épée, un homme de
cœur qui porte et qui a le droit de porter une
épée se rit de menaces de cette espèce. Si M. le
surintendant est noble de race, ce que nombre
de seigneurs contestent, le joaillier Antoine
Delafosse est gentilhomme de cœur et de fait,
car son grand-père était échevin sous le règne
du roi Henri IV : nous sommes donc égaux de
ce coté, monseigneur... Et nous ne le serions
pas, ajouta le joaillier, que le premier audacieux qui porterait la main sur moi paierait de
sa vie sa témérité !...

— Vous me bravez, monsieur, reprit Fouquet surpris et tant soit peu effrayé des dernières paroles du fier joaillier ; mais songez
donc qu'à défaut de violence je pourrais employer des moyens plus sûrs et plus conformes
à ma dignité ?

— La Bastille, n'est-ce pas, monsieur le surintendant, et vous avez par devers vous quelques lettres de cachet scellées en blanc? Mais me
croyez-vous donc si imprudent que d'être venu
ici, non pas pour vous braver, mais pour vous
faire rentrer en vous-même, sans prendre les
précautions que la connaissance que j'ai des
grands seigneurs me suggère. Monseigneur,
que je couche à la Bastille, et demain vous-
même m'y rejoindrez. Ce soir, que je ne sois
pas rentré librement avant minuit, et la boîte
que vous destiniez à mademoiselle de la Vallière sera remise au roi par les soins de M. de
Colbert... Agissez maintenant comme vous le
jugerez à propos.

— Diable! maître Antoine, vous n'êtes pas
seulement un joaillier habile, à ce qu'il paraît,
vous êtes aussi parfois diplomate.

— De vous, monseigneur, je ne craindrais

rien, et contre vous seul je n'eusse pris aucune précaution ; mais tous vos favoris ne ressemblent pas à M. de Lafontaine, à M. Pélisson, à M. Jannart. Il en est qui spéculent sur vos faiblesses, sur vos penchants...

— Pourquoi ne dites-vous pas sur mes vices ?...

— Monseigneur, je ne suis point venu ici pour vous offenser, à Dieu ne plaise ! Je suis venu pour épancher la douleur dont votre procédé m'a rempli ; pour vous supplier, au nom du respect et de l'attachement que je vous portais, de mettre plus de circonspection, plus de délicatesse dans votre conduite...

— J'entends, interrompit le surintendant, dont l'esprit d'à propos ne manquait jamais, vous êtes venu ici, maître Antoine, jouer le rôle du philosophe Athénodore.

— Je suis peu clerc, dit le joaillier, si monseigneur voulait se donner la peine de m'instruire.

— Auguste Octave, empereur romain, poursuivit Fouquet, n'épargnait aucune femme dans sa passion déréglée, et les faisait venir dans son palais par amour ou par force : le philosophe Athénodore, favori de ce prince, se servit d'un moyen pareil au vôtre pour retirer l'empereur de ce vice. Auguste ayant envoyé un jour une chaise à une dame de la maison de Camille, respectée à Rome, le philosophe, craignant les funestes conséquences de ce dessein, se rendit au palais de cette dame, et l'avertit de la pièce qu'on voulait lui faire; elle s'en plaignit à son mari qui menaça de poignarder les officiers d'Auguste, quand ils se présenteraient pour chercher sa femme; mais le sage Athénodore les apaisa tous deux, et de-

manda un des habits de la dame, qu'il revêtit
après avoir caché une épée sous sa robe. Il
monta dans la chaise ainsi travesti, et les officiers ne se doutant de rien le menèrent à l'empereur.

Ce prince, avec un empressement propor-
tionné à sa passion, courut ouvrir la chaise
lui-même; Athénodore, alors, tirant son épée,
se précipita sur lui, et dit : C'est ainsi qu'on
aurait pu t'assassiner! Ne quitteras-tu donc
jamais une voie qui t'expose à tant de périls?
La jalousie et le ressentiment auraient pu
mettre en ma place un assassin déguisé; que
ceci te soit donc un avertissement.

L'empereur sut bon gré au philosophe de
son stratagème, lui fit présent de cent talens
d'or, le remercia, et commença à se corriger
des plaisirs criminels. La première partie de

cette histoire, consignée dans Plutarque, n'est-elle pas la vôtre, maître Antoine?

— Je serais heureux, monseigneur, si le repentir et les bonnes résolutions de l'empereur Auguste pouvaient vous toucher, et je m'estimerais digne des plus grandes récompenses, si je concourais à conserver à la France et au roi un homme que ses grandes qualités pourraient porter au rang où s'élevèrent jadis le cardinal de Richelieu et M. de Mazarin. Monseigneur, monseigneur, ne fatiguez pas plus long-temps la fortune qui vous a toujours souri; rentrez dans la voie de l'honnête, du noble et du beau : c'est la seule satisfaction que je vous demande pour l'offense que vous m'avez voulu faire.

Le surintendant était ébranlé. Appuyé pendant les supplications du joaillier contre un

socle de marbre, surmonté du buste en bronze
de Louis XIV enfant, il paraissait en proie à
une vive agitation. Il s'approcha du joaillier.

— Maître Antoine, lui dit-il en lui tendant
la main, vos paroles sont dures, mais elles
partent d'un cœur droit. Recevez ici mes excu-
ses, mes remerciements, et acceptez mon amitié. Je l'avoue, j'ai oublié un instant ce que je
devais d'égards à un citoyen utile, à une épouse
chaste et vertueuse; les femmes, dont, j'en con-
viens, mes tentatives passées ne m'avaient pas
donné toujours une haute idée, sont en ce moment réhabilitées dans mon esprit par l'exemple de la vôtre. Je vous le promets ici, maître
Antoine, le surintendant Fouquet s'efforcera
de suivre les conseils de *son ami* le joaillier.

— Commencez donc dès aujourd'hui, reprit
Antoine encouragé par l'accent de sincérité de

I.   19

Fouquet; suspendez la fête de Vaux, renoncez à mademoiselle de La Vallière; vous êtes entouré d'ennemis puissants, infatigables; n'affichez pas une splendeur et des prétentions qui achèveraient de vous perdre dans l'esprit du roi. Soyez prudent, monseigneur, et désarmez la haine, s'il en est temps encore, par votre simplicité et votre régularité, comme vous la faites taire par vos talents.

Et là-dessus le joaillier crut devoir raconter au surintendant la visite qu'il avait reçue, le matin, de M. de Colbert, les réflexions que celui-ci avait faites sur la boîte d'or, et les réticences artificieuses de ses discours au duc de Roquelaure et au jeune marquis de Sévigné.

— Il m'est impossible de remettre ni de supprimer la fête que je dois donner à Vaux, répondit Fouquet; le roi, la reine-mère, tous

les courtisans sont invités, et j'ai dépensé plus
de 100,000 écus pour la rendre digne et d'eux
et de moi. Et cette fête, faut-il l'avouer, cette
fête que je suis censé célébrer en l'honneur de
Louis, n'est consacrée qu'à la belle La Vallière;
c'est pour elle, c'est à cause d'elle que j'épuise
pour dix ans peut-être les fonds de mon épargne. Combien je pourrais dire avec plus de
vérité que Larochefoucauld à la duchesse de
Longueville :

Pour mériter son cœur, pour plaire à ses beaux yeux,
J'ai fait la guerre au roi, je l'aurais faite aux dieux.

Le sort en est jeté, et, quel que puisse être
le résultat de la lutte, il faut que les destins
s'accomplissent...

— Mais, dit le joaillier, on assure que mademoiselle de La Vallière plaît à sa majesté; on
va même jusqu'à dire que notre jeune monarque va souvent rendre visite, dans le château

de Saint-Germain, à la première fille d'honneur de madame la duchesse d'Orléans.

— Qu'importe! fit le surintendant, un trône est trop étroit pour être partagé; mais un cœur de femme...

— A ce compte, monseigneur, il y aurait plus d'ambition encore que d'amour dans vos projets sur mademoiselle de La Vallière.

— Autant de l'un que de l'autre, mon cher Antoine, exclama avec feu le surintendant, entraîné par une irrésistible pensée. Quel bonheur de devoir à une femme que l'on aime une participation toute éclatante à la marche d'un gouvernement! La Vallière, soumise au joug d'or que je lui destine, se fait aimer du roi, si ce n'est déjà fait, et moi je deviens premier ministre. Que de splendeur descendue alors sur la France!... J'achève le Louvre, j'embellis Paris de monuments utiles et magnifiques, *je* creuse des canaux, j'aplanis des routes, l'Océan et la Méditerranée se joignent à ma voix, j'encourage le commerce, l'agriculture, l'industrie; je donne aux lettres, aux sciences, aux arts, des couronnes et des récompenses; le nom de la France, le nom du roi sont en tout lieu bénis; et moi, sublime artisan de toutes ces merveilles, de toutes ces liesses, je jouis en silence, entre un maître que je vénère et une maîtresse adorée, de la grandeur, de la gloire et de la puissance de ma noble patrie *.

— Voilà un beau rêve, monseigneur, repartit le joaillier; mais, si vous succombez, on ne vous tiendra pas compte de toutes vos généreuses intentions, on vous reprochera seule-

* Lors de l'arrestation du surintendant, on trouva dans ses papiers un mémoire où sont développés les projets que nous analysons ici. Ce manuscrit a pour titre : *Amélioration de l'État*, écrit en entier de la main de Fouquet; il se trouve à la Bibliothèque royale.

ment vos fautes, vos crimes peut-être... Monseigneur, je vous en conjure, ne vous laissez pas entraîner sur cette mer inconnue, sous la foi d'étoiles perfides.

—Maître Antoine, Dieu me protègera comme il a protégé Richelieu et Mazarin, qui voulaient comme moi le bonheur de la France. Au reste, je me livre, je le répète, à ma destinée, et je me jette tête baissée dans la lice. Venez après demain à mon château de Vaux, maître Antoine, je veux que vous soyez témoin de cette fête dont on parlera encore dans trois siècles; venez-y, et apportez surtout le précieux bijoux dont je veux faire hommage, au milieu de l'enivrement des plaisirs, à mademoiselle de La Vallière.

— Je crains bien, monseigneur, que ce présent ne soit pour vous une autre boîte de Pan-

dore : du fond de ce bijou il sortira un déluge
de maux.

— Apportez-la toujours., et soyez sans
crainte; songez que, si le marquis de Belle-Isle
est premier ministre, il n'oubliera pas le joaillier Antoine Delafosse. En attendant, acceptez
cette bourse comme preuve de mon repentir
et de mon amitié.

— De l'or ! monseigneur, fi donc ! Je rece-
vrai le prix équitable de mon travail, à la bonne
heure; mais un cadeau d'argent, jamais !...
Tenez, monseigneur, ajouta le joaillier en
fixant ses regards sur le buste de Louis XIV,
voulez-vous me faire un présent, donnez-moi
ce portrait du roi... et...

— Et quoi encore? fit Fouquet.

— Et le vôtre, monseigneur.

— Soit fait selon votre volonté, dit Fouquet,
et maintenant adieu, maître Antoine; souve-
nez-vous que je veux vous voir à Vaux.

Le surintendant sonna, des valets arrivèrent,
qui, sur l'ordre de Fouquet, enlevèrent les
deux bustes qu'ils placèrent à côté du joaillier,
dans la voiture qui devait le ramener à Paris.

Avant minuit, Antoine Delafosse était de retour à son logis, et rapportait à sa femme les
détails de son entrevue avec le surintendant.

— Hélas! disait la belle et bonne Henriette,
tu as osé lui dire toutes ces choses-là, mon
ami?

—Oui, mon amie, répondait Antoine, et, si
M. le surintendant est sage, il ne négligera pas
les avis de son joaillier...

Deux jours après, Antoine Delafosse assistait, comme il en avait reçu l'injonction du surintendant, à la splendide fête de Vaux.

Cette fête était toute asiatique : les parfums, les fleurs, l'or, l'argent, les étoffes précieuses ruisselaient de tous côtés. La cour de Louis XIV était émerveillée d'un luxe si prodigieux, d'une élégance et d'une prodigalité si excessives.

Fouquet, au lieu d'atteindre le but, l'avait dépassé : il voulait flatter le roi, il l'humilia.

En voyant les réseaux de feux grégeois qui ceignaient la forêt, en écoutant les symphonies admirables qui caressaient l'oreille dans tous les bosquets, en contemplant un feu d'artifice qui semblait avoir sa base dans le cratère de l'Etna ou du Vésuve, le jeune monarque se prit à dire : tout cela est bien insolent !... Deux fois

il fut tenté de faire arrêter le surintendant au
milieu de la fête; deux fois Anne d'Autriche
parvint à calmer la colère impatiente de son
fils. Mais ce qui excita au plus haut degré l'indignation du jeune roi, ce fut la devise de Fouquet, *Quo non ascendam!* et l'écureuil en ses
armes.

Après le souper, offert dans une galerie or-
née d'énormes glaces de Venise, éclairée de
candelabres d'or massif, et où la famille royale
et les principaux seigneurs de la cour avaient
été servis par cinquante pages vêtus de bro-
card d'or, le roi dit en se retournant vers le
surintendant qui s'était tenu constamment debout derrière le fauteuil de sa majesté :

« M. Fouquet, cela est trop beau ! »

Cet avertissement, les signes que lui faisaient
ses amis, rien ne put éclairer le malheureux

Fouquet. Vers la fin de la fête, il vint trouver le joaillier qui se tenait, avec le prévôt des marchands, les échevins de Paris et les délégués de la haute bourgeoisie, dans un salon attenant à la galerie du festin.

— Ma boîte, ma boîte, maître Antoine, fit Fouquet.

— Si j'ai un dernier conseil à vous donner, monseigneur, c'est de ne point l'offrir; il y va de votre liberté et peut-être de votre vie, répondit le joaillier à voix basse. J'ai suivi le roi de fort près, j'ai causé avec M. de Colbert, avec M. le marquis de La Meilleraye, avec M. le duc de Roquelaure; sa majesté ne dissimule pas son mécontentement...

— Ma boîte, répéta Fouquet d'un ton qui ne permettait plus d'observations.

— La voici, monseigneur, j'ai doublement fait mon devoir. A la volonté du ciel!...

Louis XIV avait donné le signal du départ.
Des nuées de valets armés de torches remplis-
saient les cours encombrées d'équipages qu'ils
devaient escorter, et chacun tâchait de rega-
gner le plus promptement le carrosse qui l'a-
vait amené.

Le joaillier cherchait le sien; il rencontra
M. de Colbert qui se dirigeait vers la voiture du
roi.

— Maître Antoine Delafosse, dit le conseiller d'état au joaillier, sa majesté vient d'admirer à l'instant la tabatière que vous avez
faite pour mademoiselle de La Vallière; elle a,
à la vérité, ordonné qu'on la fondît pour en
distribuer l'argent aux pauvres du village de
Vaux, mais elle vous en commande une autre
pareille, *à peu de chose près*, et vous nomme
en outre joaillier de la couronne.

Maître Antoine Delafosse fit une inclination de tête respectueuse, et se dit à part lui : Je suis joaillier de la couronne, M. de Colbert est surintendant des finances; quant à M. Fouquet, le voilà perdu !

Et, en effet, le lendemain, l'aveugle Fouquet entrait à la Bastille, d'où il ne devait sortir que pour aller passer quinze ans de sa vie au château de Pignerol.

Le Tournoi des Avocats,

— 1340. —

Les avocats, sous le règne de Philippe de Valois, occupaient le premier rang dans la société française telle qu'elle était alors constituée. Le luxe et la splendeur étaient leur partage ordinaire, et l'annaliste Beaumanoir nous en donne la raison :

« Les avocats doivent être payés selon leur état et ché (selon que) que la querelle est

GRANT OU PETITE ; car il n'est pas raison que ung avocat qui va à ung cheval doit avoir aussi grant journée comme chil (celui) qui va à deux chevaux ou à trois ou à plus ; ne qui chil qui peu fait ait autant comme chil qui fait assez ; ne qui chil qui plaide pour petite querelle comme chil qui plaide pour le grant. »

Le parlement, d'ambulatoire qu'il était, devenu sédentaire sous Philippe-le-Bel, ne fit qu'augmenter l'importance et la richesse des avocats.

L'ordre des avocats se recrutait alors dans les enfants de la haute bourgeoisie, de cette classe connue sous le nom de *francs hommes* retirés dans leurs terres et métairies, où ils vivaient *noblement*, c'est-à-dire sans rien faire, et qui formaient l'intermédiaire entre le noble et le vilain.

Ces *francs hommes* envoyaient leurs enfants dans les écoles et universités qui florissaient

alors. Les jeunes gens y étudiaient le droit ci-
vil et le droit canonique, puis ensuite prenaient
le parti de l'église ou du barreau.

Ces deux voies étaient favorables à l'ambition. L'épiscopat, les bénéfices, les grasses abbayes, devenaient la perspective de ceux qui en-
traient dans le sanctuaire ; les hautes places de
la magistrature, les dignités politiques étaient
promises aux avocats qui se distinguaient dans
les luttes de la parole. Car on ne saurait trop
rappeler que les magistrats de cette époque
étaient choisis parmi les avocats, et que le
principe de l'*élection* était en vigueur pour
remplir les sièges vacants.

Ces considérations étaient nécessaires pour
bien comprendre la position sociale des avocats
du quatorzième siècle. Aidés par le secours de
leurs riches parents, ils traversaient sans
crainte les premières années d'un travail sté-
rile, et arrivaient, lorsqu'ils possédaient de la

science, des lumières et de l'éloquence, au faîte des honneurs et de la fortune.

Quoiqu'il en soit, les satyriques et les envieux du temps leur reprochaient d'avoir des hôtels, des châteaux, terres et seigneuries, un train magnifique de maison, des oratoires domestiques, des chapelains, des valets, des pages, des chevaux et des meutes, et de rivaliser en tout avec la noblesse. Le poète Eustache Deschamps leur dit :

> Vous usez de toute noblesse,
> Vous êtes franc de servitutes,
> Plus que n'est le droit d'institutes ;
> Vous avez votre chapelain
> Pour chanter la messe au matin.
> Au partir de votre maison,
> Vous êtes toujours en saison ;
> Vous avez paradis en terre.

Ce n'est pas tout : le jurisconsulte Barthole, qui était alors en possession de diriger l'opinion publique, avait établi en principe qu'après dix ans d'exercice, le docteur en droit devenait *ipso facto* chevalier. La loi *suggestio-num* plaçait au rang des *comtes* et des *clarissi-mes* les anciens avocats qui ont fourni glorieu-sement leur carrière. Il est juste, dit l'empe-reur, que les avocats qui ont signalé une lon-gue carrière par une fidélité à toute épreuve dans la défense de leurs clients soient décorés d'un titre qui les sépare du vulgaire. *Proque fide atque industriâ ergâ suos clientes compro-batâ, privatâ conditionis hominum multitudine segregari.*

Le Code romain proclamait à chaque page l'assimilation parfaite de l'avocat avec le mili-taire. « Qu'on ne croie pas, dit encore Justi-nien, que nous ayons exclusivement placé le salut de notre empire sous la protection des lances, des boucliers et des cuirasses; nous re-gardons les avocats aussi comme militaires et comme tenant un rang distingué parmi les dé-fenseurs de l'empire. Leur profession est aussi précieuse au genre humain et aussi périlleuse pour eux que s'ils l'exerçaient au milieu des combats et des blessures. En effet, la profession d'avocat n'est-elle pas un état de guerre en permanence * ? Ne consiste-t-elle pas à livrer journellement combat aux ennemis de l'ordre public et aux usurpateurs de propriétés particulières ? Ils épuisent leurs forces et les ressources d'une voix éloquente à dévoiler les injustices, à défendre le faible contre l'oppression du fort, à rendre l'espoir aux familles désolées, à défendre l'honneur, la liberté et la vie de leurs clients, et à préparer la sûreté des citoyens et le bonheur des générations futures. »

Il n'en fallait pas tant sous un prince comme

* Militant, namque, causarum patroni qui dirimunt ambigua fata causarum suæ defensionis viribus, in rebus sæpè publicis ac privatis lapsa erigunt, fatigata reparant, qui gloriosæ vocis confisi munimine, laborantium spem, vitam et posteros defendunt.

Philippe-de-Valois, qui devait la reconnaissance de ses droits au trône, et l'indépendance
de sa couronne attaquée par le saint-siége, aux
patriotiques efforts du barreau, pour entou-
rer l'ordre des avocats d'un nouvel éclat et
d'une nouvelle splendeur. Le prince ne cessa
pas de leur manifester sa gratitude royale, et
il saisit, en 1340, l'occasion d'honorer l'ordre tout entier en conférant à l'un de ses plus
illustres membres le titre de CHEVALIER ÈS-
LOIS.

L'avocat jugé digne de cet honneur était
Jean-Pierre de la Houx, d'une ancienne famille
de bourgeois de Paris. Riche de patrimoine,
Pierre de la Houx avait encore vu s'augmenter
ses revenus par le prodigieux succès de ses
plaidoiries : son débit, ses gestes, son éloquence, son organe, avaient quelque chose de
si onctueux et de si doux, qu'on ne l'appelait
au Palais que l'avocat de miel (*mellis advoca-*

tus). A ces qualités précieuses pour un homme qui combat avec la parole, Pierre de la Houx joignait les vertus d'un philosophe et d'un grand citoyen. Il répandait d'abondantes aumônes dans le sein du pauvre, prêtait gratuitement l'appui de son talent à de malheureux plaideurs, et ne craignait pas de heurter de front les prétentions de la noblesse et du clergé, quand ces prétentions se trouvaient en désharmonie avec le bien-être général. Du reste, la maison, ou, pour mieux dire, le palais de Pierre de la Houx, à Paris, était le rendez-vous de toutes les sommités sociales de l'époque : les jurisconsultes, les poètes, les savants, les artistes français et étrangers, se pressaient dans les salles de son logis, et le fils du roi lui-même (depuis le roi Jean) ne dédaignait pas de venir s'ébattre au milieu de ces visiteurs d'élite.

Pierre de la Houx possédait un château à Creil, sur la rivière d'Oise. C'est là qu'il dé-

sira être reçu par le délégué du roi *chevalier
ès-lois*. Pour rendre la cérémonie plus imposante et plus belle, l'avocat convia un grand
nombre de ses confrères du barreau, et le 15
septembre 1340 fut le jour désigné pour cette
solennité.

La grande salle du château de Creil était ten-
due du haut en bas de tapisseries flamandes;
au milieu était une table chargée des ornements nécessaires à l'investiture; derrière cette
table se trouvait un coussin à glands d'or et
une chaire de bois d'ébène destinée au commissaire du roi. A droite et à gauche des bancs à
dossier où devaient prendre séance les membres du Parlement, les seigneurs de la cour
et les avocats du barreau de Paris.

L'aspect de cette assemblée était grave et imposant. Les avocats, revêtus de leur longue simarre de soie noire, recouverte d'un mantelet
d'écarlate rouge, doublé d'hermine, relevé

par les côtés et attaché sur la poitrine par une agrafe d'or, étaient placés immédiatement après les membres et présidents du Parlement, qui portaient (les présidents seulement) sur leurs simarres noires, un grand manteau d'écarlate fourré d'hermine et le bonnet de velours* à bandes de galons d'or en forme de mortier. Les abbés, les prélats et la noblesse d'épée occupaient les derniers sièges, car dans ces solennités toutes intellectuelles, l'étiquette du Louvre et de l'hôtel Saint-Germain était bannie.

Simon de Bucy, ancien avocat, décoré de la chevalerie ès-lois, et promu, depuis peu de mois, à la dignité de premier président**,

---

* Philippe-le-Bel ayant rendu le Parlement sédentaire à Paris, les chevaliers qui y présidaient, voulant se distinguer des gens de loi, firent faire des bonnets de la forme de leurs casques. Ils prirent de là le titre de présidents à mortier, à la différence des présidents particuliers aux enquêtes et aux requêtes.

** Simon de Bucy fut le premier qui porta le nom de

était le délégué du roi pour recevoir Pierre de
la Houx. Simon était assisté de deux autres
présidens du Parlement, Jacques Levacher et
Pierre de Méville. Pierre Fontebrac, alors
avocat, et depuis cardinal de la création de
Clément XIII, avait été désigné comme le par-
rain du récipiendaire, avec Robert le Coq,
aussi avocat, depuis évêque et duc de Laon.

Simon de Bucy, Jacques Levacher et Pierre
de Méville, ayant pris place sur les sièges qui
leur étaient réservés, Pierre de Fontebrac et
Robert le Coq amenèrent le récipiendaire.

La Houx était revêtu d'une grande tunique
blanche, un mantel noir de soie flottait sur ses
épaules, et il tenait à la main un livre du *Droit
romain* et du *Droit canonique*. Il s'avança
avec modestie jusqu'au milieu de la salle, s'ar-

premier président. Avant lui, celui qui en exerçait les
fonctions était appelé *souverain* ou maître du Parlement.
Cette innovation date de 1344.

réta après avoir salué le président et l'assistance , et parla ainsi :

« Monseigneur et messires ,

« Notre roi bien-aimé, Philippe-de-Valois, a voulu donner à l'ordre des avocats dont je suis membre indigne, une nouvelle preuve de son amour et de son attachement, et c'est moi qu'il a daigné choisir pour recevoir un si éclatant témoignage de sa munificence royale. Je vous prie donc, ô mon protecteur et monseigneur , de me revêtir de l'épée, du baudrier, des éperons, du collier d'or, de l'anneau et généralement de tous les ornements d'un vrai chevalier. Je déclare que je n'userai pas de ces avantages pour des intérêts profanes , mais bien pour les intérêts de la religion , de l'église et de la sainte foi chrétienne , et pour la milice de la science à laquelle je me suis dévoué *. »

* Te itaque, pater optime, rogo ut ense primùm, se-

— Pierre de la Houx, avez-vous rempli les devoirs préliminaires de la prise d'armes? demanda Simon de Bucy.

—Sur notre foi et sur notre honneur répondirent les deux parrains, Pierre de la Houx a rempli les devoirs imposés par la chevalerie, et il est en état de recevoir l'investiture qu'il réclame et que nous réclamons aussi pour lui *.

— Qu'il soit donc fait ainsi qu'il est requis, repartit Simon de Bucy?

cundo loco cingulo, deindè auratis calcaribus, postremo torque aureo, atque annulo quæ insignia sunt equestria ornandum me cures; quibus non pro rerum profanarum occupatione, sed pro ecclesiæ tantùm ac fidei christianæ, littera riæque militiæ jure conservando, in quam jam pridem conscriptus sum, ut jure optimo, mihi licet.

* Les cérémonies préliminaires pour être reçu chevalier ès-lois étaient les mêmes que pour les chevaliers d'armes: la veillée dans l'église, la confession, la communion et l'abstinence étaient de rigueur. Les parrains surveillaient ces divers exercices de piété.

Pierre de la Houx se mit à genoux sur le coussin de velours, et tandis que ses deux parrains lui chaussaient les éperons, Jacques Levacher et Pierre de Méville le revêtaient du baudrier et du collier. Ces premières cérémonies accomplies, Simon de Bucy lui passa au doigt l'anneau, attacha l'épée au baudrier, et, tirant la sienne, lui en donna trois légers coups sur le dos en disant :

Par l'ordre exprès de Philippe-de-Valois, notre roi et seigneur, je vous fais en son nom chevalier ès-lois. Jurez, sur les saints évangiles, de rester constamment fidèle à Dieu, au roi et à l'état !

Pierre de la Houx se releva, et étendant la main sur le livre des évangiles, il dit d'une voix haute : Je le jure.

Simon de Bucy l'embrassa ; et le présentant à l'assemblée : Messeigneurs et Messires, dit-

1, je vous présente monseigneur Pierre de la Houx, chevalier ès-lois.

Des bravos et des cris de satisfaction et d'allégresse retentirent dans la salle. C'était à qui abandonnerait plus vite son banc pour aller congratuler le nouveau chevalier. On pense bien que les avocats ne furent pas les derniers.

— Mes chers confrères, dit Pierre de la Houx, en les serrant tour à tour dans ses bras avec émotion, c'est vous, vous seuls que le roi a voulu récompenser dans ma personne. Si je vaux quelque chose, c'est à vous que je le dois; et toute ma vie sera consacrée à vous prouver que je ne suis point ingrat.

La noblesse, la magistrature et le clergé s'empressèrent de joindre leurs félicitations à celles du barreau; et le château de Creil présenta ce jour-là le spectacle mémorable d'hommes illustres de toutes les castes célébrant à

l'envi le triomphe de l'éloquence et de la
vertu.

Cependant le châtelain de Creil n'avait pas
oublié ses habitudes de luxe et de somptuosité:
une table de trois cents couverts, servie avec
une délicatesse inouïe, rassembla en un même
cercle avocats, parlementaires, évêques et
capitaines. Des vins du Rhin et de Hongrie
coulèrent avec abondance de 50 amphores
portées par des serviteurs en riche livrée ; des
symphonies exécutées par des musiciens mau-
res et bohêmes, avec des instruments de cuivre
alors presqu'inconnus en France, vinrent par
intervalles ravir en admiration les convives ;
mais Pierre de la Houx avait ménagé une autre surprise à l'assemblée. Un tournois, mais
un tournois où l'on ne devait employer que les
armes de la rhétorique et de la dialectique, un
tournois où la lance, le coursier et la cuirasse
étaient inutiles; mais où la science, la méthode,

le talent et l'éloquence étaient de première nécessité, avait été préparé par ses soins. C'était une lice qu'il ouvrait à ses jeunes confrères, et où il avait suspendu comme prix et trophées de la victoire une couronne d'or, une couronne de chêne et une couronne de lauriers. A chacune de ces couronnes était annexée une somme de cinq cents écus d'or *pour acheter des livres.*

Les jeunes avocats ne balancèrent pas un instant à descendre dans l'arène, et vers le soir de ce jour la grande salle du château de Creil, transformée en prétoire, retentit des accents de la jeune éloquence française. Un aréopage, composé des hommes qui servaient le mieux la patrie par l'épée et par la parole, était chargé de modérer l'ardeur des jeunes athlètes et de décerner les palmes aux vainqueurs.

Le jeune avocat André de Moulin commen-

ta de verve les *Assises au royaume de Jérusalem*, rédigées en 1250, par Jean d'Iblin,
comte de Japha et d'Ascalon.

Jules Antharace, dans une improvisation
vive et brillante, célébra la gloire d'Accurse,
le fameux jurisconsulte de Bologne, et fit un
résumé lumineux des travaux et des études de
ce grand homme.

Pierre Lorphèvre s'attacha à éclaircir quelques points controversés des *Établissements de
saint Louis*. Dans une péroraison nerveuse,
il traça les devoirs des magistrats, anathéma-
tisa les juges prévaricateurs, et fit des vœux
pour que le trône de Philippe-de-Valois devînt,
comme celui de Louis IX, le refuge des opprimés et l'épouvantail des oppresseurs.

Jean Pompaincourt prit pour texte l'explication des Capitulaires de Charlemagne; il fit un
savant parallèle de ce corps de lois si admirablement combinées avec le Code romain, dé-

puis un siècle et demi, et démontra la possibi-
lité de composer un Code français, en amal-
gamant avec sagacité les établissements de
Saint-Louis, les capitulaires de Charlemagne
et les lois promulguées par Justinien.

Eustache de Lapierre développa quelques
paragraphes du traité *Speculum juris* de Guillaume Durand, et commenta les écrits du savant Barthole sur la loi *Properandum*.

Quelques autres encore prirent part à cette
lutte improvisée, et donnèrent à l'assemblée
de consolantes espérances pour l'avenir du
Barreau français.

Les harangues et plaidoiries terminées, on
recueillit les voix des juges du camp, et le chevalier Pierre de la Houx proclama les noms
des vainqueurs.

Jean Pompaincourt obtint la couronne d'or;
Pierre Lorphèvre gagna la couronne de chêne.

et Eustache de Lapierre reçut la couronne de laurier.

Les trois avocats devinrent plus tard les colonnes du Barreau de Paris, et tinrent dans leur âge mûr tout ce que leur jeunesse avait promis.

Ainsi se termina le *Tournois des avocats*, donné en la ville et sénéchaussée de Creil, le 15 septembre 1540.

Quant à monseigneur de la Houx, chevalier ès-lois, il vécut encore de longues années, et se maintint constamment à la tête du Barreau par ses vertus et son éloquence, à la tête de la noblesse par ses libéralités et sa magnificence. Il mourut vers l'an 1560.

> La mort à tous s'applique,
> *Nuls advocats* pour quelconque réplique,
> Ne chevalier, tant ait hermine fique,
> Ne sait plaidier sans passer ce passage.

TABLE

--

www.ingramcontent.com/pod-product-compliance
Lightning Source LLC
Chambersburg PA
CBHW050205030726
47505CB00005B/1527